2
「我が名はオズクロウ」
誰もいなかった場所に
全身黒甲冑が現れた。

『――【聖蒼炎拳《ホーリー・フレイム・ブロウ》】』
聖なる炎は蒼《あお》く白く、拳《こぶし》を覆《おお》う。
その拳で殴《なぐ》りつける。

# 勇者パーティーを追放された精霊術士2

## 最強級に覚醒した不遇職、真の仲間と五大ダンジョンを制覇する

まさキチ

HJ文庫
1146

口絵・本文イラスト　雨傘ゆん

# 目次

# プロローグ

闇《やみ》の中、一人の魔族《まぞく》が囁《ささや》く。

「思っていた通り。能ナシのアモンでは、ダメだったわね」

彼女《かのじょ》の手には黒光りする闇水晶《やみすいしょう》が載《の》せられており、ラーズとアモンの戦闘《せんとう》シーンを映し出している。

場面は今まさに、アモンが敗北したところだ。

同じ魔族であるのに、彼女はアモンの死を悲しまない。只々《ただただ》、その弱さを侮蔑《ぶべつ》するだけだった。

「でも、私は違《ちが》うわ」

彼女が手に力を込《こ》めると、闇水晶が砕《くだ》ける。

粉々になった水晶の欠片《かけら》を払《はら》うように手を振《ふ》り、目に力を込める。

「憎《にく》き精霊術士《せいれいじゅつし》――」

誰《だれ》にも聞こえない小さな囁きだったが、この声は冷たく空間を歪《ゆが》ませた。

「どうやって甚振《いたぶ》ってあげようかしら」

嗜虐《しぎやく》に口元を歪ませ、目には狂気《きようき》が宿る。

そう。彼女は愉《たの》しんでいた。

渇望《かつぼう》するほどの欲求——それを満たすためならば、彼女は努力を惜《お》しまない。

考えなしのオズクロウとは異なる。彼女は知謀《ちぼう》を凝《こ》らし、ジワジワと獲物《えもの》を追い詰《つ》め、敵を絶望に染め上げる。

たとえるならば、最後のひとピースを嵌《は》めれば終るジグソーパズルを完成させるのではなく、グチャグチャに踏《ふ》みにじる——それが彼女だ。

「オズクロウ」

「はっ」

彼女の呼びかけに魔族の男がどこからともなく現れる。

全身を黒い甲冑《かっちゅう》に包んだ男だ。

オズクロウは彼女のもとに跪《ひざまず》く。

「火炎窟《かえんくつ》に向かいなさい。まずは手探《てさぐ》りよ。精霊術士とその仲間の強さを確かめてきなさい。殺してはダメよ。アレは私の玩具《モノ》」

冷酷《れいこく》で妖艶《ようえん》。オズクロウの身体に怖気《おぞけ》が走る。

「策を授《さず》けてあげる。アモンが残した闇精霊《やみせいれい》を使って――」

彼女はオズクロウに命ずる。

「承知いたしました。必ずやアサナエル様の命、果たしてみせましょう」

深く頭《こうべ》を垂れると、オズクロウは闇の中に消えていった。

# 第一章　新たな魔族

穏《おだ》やかな目覚めだ。

昨晩の魔族アモンとの戦いが遠い昔の出来事のように感じられる。

右手を開くと、そこには透明《とうめい》に輝《かがや》く小さな石があった。精霊王様から授かった精霊石だ。

夢じゃなかった――俺《おれ》は拳《こぶし》をギュッと握《にぎ》りしめる。

ベッドから起きて窓を開けると、朝の日差しと甘酸《あまず》っぱいキンカランの香り。

アインスの街は今日も、いつも通りだ。

変わってしまったのは俺の人生だ。

俺はもう一度、拳を強く握りしめる。

リビングに向かうとシンシアが待っていた。

「おはよ。ご飯にする？」

「おはよう」

彼女の向かいに腰《こし》を下ろす。

テーブルには朝食が並んでいる。パンにサラダ、スープにハムエッグ。

昨日は散々肉を喰《く》らい、酒を呑《の》んだのだが、朝から腹の虫は元気なようだ。

「昨晩、夢に精霊王様が現れた」


――魔王《まおう》の封印《ふういん》が弱まっていること。

――千年前に魔王を封印した【精霊統《せいれいとう》】アヴァドンのこと。

――魔王を封印するのは、精霊術士である俺にしか出来ないこと。

――これからも魔族が俺を襲《おそ》ってくること。


「そして、これを授かった」

シンシアに精霊石を見せる。

「これは？」

彼女は首をかしげる。

「精霊王様は精霊石と呼んでいた。これで精霊を強化できるみたいだ」

「なんか凄《すご》そうね」

そのとき、玄関《げんかん》から声がする。

「おはようございます。ロッテです」

彼女は冒険者《ぼうけんしゃ》ギルドの元受付嬢《うけつけじょう》で、俺たち『精霊の宿《やど》り木』の専属担当官。

いつもとは違ってその声は張りがない。そして、目の下のクマが凄い。

「大丈夫《だいじょうぶ》ですか？」

「へっちゃらです。ちょっと徹夜《てつや》しただけなので」

言葉とは裏腹に全然大丈夫そうに見えないが、これ以上詮索《せんさく》するのもマズいだろう。

「ロッテさん、これなんですが――」

精霊石を彼女に見せる。彼女のこめかみがピクッと動いた。

「もしかして、また、厄介《やっかい》ごとですか？」

「精霊王様から授かりました。精霊石という名前です」

その瞬間《しゅんかん》、ロッテさんがその場に頽《くずお》れた。項垂《うなだ》れた後頭部から絶望感がひしひしと伝わってくる。

「だっ、大丈夫ですか？」

「…………」

彼女は固まってしまった。

どうしようかとシンシアと顔を見合わす。

しばらくしてロッテさんは再起動し、スッと立ち上がる。

「もう、大丈夫です」

「申し訳ないのですが、これをギルドで鑑定《かんてい》してもらいたいんです」

「……ですよね。では、お預かりします」

「よろしくお願いします」

朝から疲《つか》れ切った足取りで、ロッテさんは帰っていった。

いや、朝ではなく、彼女にとってはまだ深夜が続いているのかもしれない。

「大丈夫かしら？」

「同情したくなっちゃうけど、俺たちにも俺たちの仕事がある」

どんよりとした残滓《ざんし》を振り払うように、努めて明るく振る舞《ま》い、中断していた朝食を済ませた。

「よし、今日もダンジョンだ」

「昨日の続きよね」

「ああ、第一一階層からだ。今日は第二〇階層を目指そう」

「うん」

一幕あったが気持ちを入れ替《か》え、シンシアとダンジョンに向かった。

◇◆◇◆◇◆◇

——ファースト・ダンジョン『火炎窟』第一一階層。


今日は早朝からダンジョンに潜《もぐ》り、丸一日を攻略《こうりゃく》に費《つい》やす予定だ。

ダンジョン入り口から転移した俺とシンシアは、第一一階層のスタート地点に降り立つ。

第一一階層も第一〇階層までと同じく石造りの迷宮《めいきゅう》型フロア。

違いといえば、石の色が少し暗くなっているくらいだ。この形状が第二〇階層まで続く。

昨日と同じく、今日も精霊術の付与《エンチャント》で強化した身体でダンジョンを駆《か》け抜《ぬ》ける予定だ。

今日の目標は第二〇階層のボスモンスター討伐《とうばつ》まで。

昨晩、地図で計測したところ、踏破《とうは》距離《きょり》は約三〇〇キロメートル。

昨日の約三倍もあるが、今日は一日がかりだし。昨日は余裕《よゆう》をもっての進行だったので、十分に達《たっ》成可能な目標だ。

「調子はどう?」

「ええ、絶好調よ」

前に立つシンシアは、緊張《きんちょう》も気負いもなく自然体だ。

その声と顔つきから、調子の良さが伝わってくる。

昨晩の打ち合わせ通り、まずは彼女が先頭を務める。

「最初は雁行陣《がんこうじん》で行こう」

「ええ」

俺は彼女の左斜《なな》め後《うし》ろ一メートルほどに位置取る。

彼女の武器は短めのメイスなので、一メートルくらい離《はな》れていれば、彼女の間合いを邪《じゃ》魔《ま》することもない。それに彼女は右利《みぎき》きなので、左側を俺がフォローできる。

加えて雁行陣は他の陣形《じんけい》に移りやすいという長所もある。

俺が右に移動すれば縦陣、前に出れば平行陣に移行だ。

「じゃあ、付与《エンチャント》したら出発しよう」

「うん。お願いね」

昨日と同様、火と風の精霊の加護を二人に付与する。

そして——。

『水の精霊よ、シンシアの武器に宿り、凍《い》てつく武器となれ——【氷武器《アイス・ウエポン》】』

途端《とたん》、彼女のメイスが霜《しも》を帯び始め――あっという間に氷に包まれる。

「わあ、すごい！　それに全然冷たくないのね」

「ああ、氷属性を付与した。ここらのモンスターなら、一撃《いちげき》で倒《たお》せるよ。オーバーキルかもしれないけど」

「ふふっ、楽しみ！」

二度、三度メイスを軽く振って、彼女は調子を確かめる。

その顔を見ると、満足しているようだ。

メイスに氷属性を付与した理由――それは、第一一階層からは火属性のモンスターが頻《ひん》出《しゅつ》するからだ。

彼女の実力的には付与なしでも問題ないだろうが、練習を兼《か》ねてだ。

『水の精霊よ、凍てつく剣《けん》となれ――【氷剣《アイス・ソード》】』

俺も自分用に氷剣を呼び出す。これで準備完了《かんりょう》だ。

「了解《りょうかい》」

颯爽《さっそう》と駆け出す彼女を追うように、俺も走り出した——。

走る俺たちの周囲を精霊たちがくるくると回りながら付いて来る。

特に、ここ火炎窟は火精霊にとって快適な環境《かんきょう》なようで、いつもよりご機嫌《きげん》で飛び回っている。

そのうちの一体が俺に情報を伝えてくれる。

「シンシア、敵だ。前方二〇メートル先、ファイア・ラットが五体」

精霊とは未《いま》だ会話出来ないが、こういった情報のやり取りが出来るようになった。

頭の中に直接、情報を伝えてくれるのだ。

俺からも、索敵《さくてき》や付与の強弱調整をお願いすると、精霊たちはその通りに行動してくれるし、氷剣の長さを一瞬《いっしゅん》で変えたりも出来る。

「ええ、分かったわ」

「フォローいる？」

「大丈夫よ」

「了解」

会話をしているうちにファイア・ラットとの距離《きょり》が縮まっていく。

ファイア・ラットは全長三〇センチほどのネズミ型モンスターで、その毛皮は燃《も》え盛《さか》る炎《ほのお》で覆《おお》われている。

攻撃力《こうげきりょく》は大したことがない。しかし、身体が小さい上に、素早《すばや》く動きまわるので、攻撃を当てるのは中々に骨が折れる。昔は、俺も苦労したものだ。

だが、ここにいるのは【二つ星】冒険者だ。

この程度の的にピンポイントで打撃《だげき》を命中させることが出来なければ、サード・ダンジョンでは通用しない。

シンシアは速度を落とすことなく、メイスを一閃《いっせん》、二閃《せん》、三閃――。

五体のファイア・ラットはドロップ品を落とし消え去る。

俺たちの接近に気づくことすら出来なかっただろう。

それにしても、流れるように見事な攻撃だった。

一切《いっさい》の無駄《むだ》を削《そ》ぎ落とした、洗練された動きだ。

思わず見惚《みと》れてしまった。

飛び抜けて美しい彼女だけに、まるで物語に出て来る戦乙女《ヴァルキリー》のように神々しい姿だった。

「どうしたの?」

「いや、なんでもない……」

「じゃあ、行くわよ」

「ああ」

その後もシンシアはファイア・ラットやその他の小型モンスターを蹴散《けち》らして突《つ》き進《すす》んで行く。

そのまま走り続け、この階層も残り半分というところで、精霊の探知網《たんちもう》に新たなモンスターが引っかかった。

「前方の曲がり角の先に、ファイア・オークが一体」

ファイア・オーク、通称《つうしょう》、焼き豚《ぶた》。

身長は一八〇センチほど。

手には赤く燃える棍棒《こんぼう》。

醜悪極《しゅうあくきわ》まりないモンスターだが、その身体は並の人間より二回りほども分厚く、攻撃力、防御力《ぼうぎょりょく》ともに高い。

そして、その肉の旨《うま》さは昨晩味わったばかりだ。

この階層では一番強いモンスターだが――シンシアからは頼《たの》もしい返事がきた。

「了解！　このまま突っ込んで倒すわ。お肉ゲットよ！」

「任せた」

これまで俺の出番はなし。

全部、シンシアが一蹴《いっしゅう》してきた。

この調子でファイア・オークも一撃か？

さすがにファイア・オークのような大型モンスターは厳しいか？

そんな俺の心配は杞憂《きゆう》だった――。

角を曲がり、そのままの速度でファイア・オークに突進《とっしん》。

ミスリルメイスを横薙《よこな》ぎにフルスイングした。

「ぶげべぇら」

無様な悲鳴を残し、ファイア・オークは五メートルほど吹《ふ》き飛び――絶命した。

シンシアは一撃を放った後も速度を緩《ゆる》めず、倒れたファイア・オークの横を駆け抜ける。

まるでそこに敵などいなかったかのように。

俺は急いでドロップ品のファイア・オーク肉をマジックバッグに仕舞《しま》い込みながら後を追う。

魔石《ませき》やあまり価値のないドロップ品はスルーだが、肉となれば話は別だ。

昨日の打ち合わせでも、「肉は拾おう」と意見が一致《いっち》した。

「凄いわね。あんなに飛ぶとは思わなかったわ」

「凄いのはシンシアだよ」

確かに精霊の付与による強化はあるのだろうが、それにしても見事なフルスイングだった。

躊躇《ためら》いなく敵に近づき、全力でのフルスイング。

やっぱり、シンシアは前衛向きの性格だ。

「焼き豚二体」

俺は前に出て、シンシアの左に並ぶ。

「右」

ひと言、合図。右側はシンシアに任せるという意味だ。

シンシアのメイスが。

俺の氷剣が。

一撃でファイア・オークを絶命させる。

「楽勝ね」

「ああ、飛ばしていこう」

俺たちの快進撃《かいしんげき》はその後も続いた。

第一一階層のモンスター程度では、俺たちを足止めする障害物にすらならなかった。

その調子で第一一階層を難なく踏破《とうは》し、俺たちは走り続ける——。

◇◆◇◆◇◆◇

――午前一一時半。

順調に攻略を進めてきた俺たちは、第一六階層の通路をひた走る。

「左折」

「了解」

走る先には丁字《ていじ》分岐《ぶんき》。

先頭のシンシアが確認《かくにん》の合図を送ってきた。

もちろん、俺も彼女も全階層のマップが頭に入っており、どのルートを進むか完全に把《は》握《あく》している。

それでも、分岐路でどちらに進むか、その都度確認《かくにん》するようにしている。

間違《まちが》いを避《さ》けるためという目的もあるが、主な目的は別にある。

それは口頭でのコミュニケーションの錬度を上げることだ。

こういう簡単なやり取りでも、それを積み重ねることによって、相手の呼吸が分かるようになる。

いざという時に滑《なめ》らかな連携《れんけい》をとるためには、これが必須《ひっす》。いわゆる、阿吽《あうん》の呼吸というヤツだ。

短いやり取りで、意識を共有すること。

呼吸を合わせ、流れるように連携すること。

それがなによりも大事だと、尊敬する先輩冒険者《せんぱいぼうけんしゃ》から教わった。

生憎《あいにく》と『無窮《むきゅう》の翼《つばさ》』では上手《うま》くいかなかったが、それでも俺は努力を続けてきた。

今度こそ、シンシアとは完璧《かんぺき》な連携をとれるようになりたいのだ。

——分岐が近づいてくる。

彼女が左に曲がり、俺も曲がろうとしたところで——。

「ストップ」

俺が声をかけると、彼女は速度を落とし、立ち止まった。

「どうしたの?」

「いや、あっち」

本来なら左に曲がる場所だが、右の通路から悍《おそ》ましい気配が伝わってくる。

昨日知ったばかりの気配によく似ている。

「これは……」

「闇精霊だろうな」

「みたいね」

精霊に近しい彼女も感じ取ったようだ。

昨日倒した魔族アモンは闇精霊を纏《まと》っていた。

同じように魔族が待ち構えているのか？

「念のために、精霊の付与《エンチャント》をかけ直してから行こう」

「ええ」

「今のうちに作戦を立てておこう――」

作戦が定まり、気配の方へ向かう。

油断は出来ない。慎重《しんちょう》に進んでいく。近づくにつれ、闇精霊の気配が強くなってくる。

やがて――。

「こんな場所に部屋なんてなかったよな？」

「ええ、そのはずよ」

一〇メートル四方の部屋だ。

「おかしいな」

闇精霊の気配は感じられるが、部屋には何もないし、誰もいない――。

そう思った瞬間――殺気。

誰もいなかった場所に全身黒甲冑が現れた。

甲冑と同じ黒い長槍《ながやり》を構えている。

「魔族か？」

「応。我《わ》が名はオズクロウ。我が主の命に従い、貴様らの相手をしてやろう」

纏う空気で分かる。魔族だ。その声からすると男だろう。魔族に性別があるかどうか分からないが。

「とは言え、我が直接、手を下すまでもない。現れよ――【闇召喚《やみしょうかん》】」

ヤツの言葉に合わせ、モンスターが一体出現する。

「ファイア・オーク？」

さっき戦ったばかりのオークのようだが、奴《やつ》はそれに似た別物だ。

身体はひと回り大きく、皮膚《ひふ》が黒く変色し、闇精霊の匂《にお》いがする。

手に持つ棍棒も赤ではなく、ドス黒い。

「闇化したモンスターはひと味違うぞ。精霊術士の実力を示して見せよ」

金属を擦《す》り合わせたような感情のない声に肌《はだ》がざわつく。

後ろに控《ひか》えるオズクロウからは、闇化オークより何倍も濃密《のうみつ》な闇が感じられる。

言葉の通り、まずは闇化オークを当たらせ、俺たちの力を計るようだ。

闇化オークは俺たちを敵と定め、ゆっくりと歩いてくる。

「未知のモンスター。そして、さらに強力な魔族が控えている」

「様子見ね」

「まずは闇化オーク。慎重に行こう。【聖撃《ホーリー・ブラスト》】はいざというときに取っておこう」

「わかったわ」

【聖撃《ホーリー・ブラスト》】は聖気によるメイス攻撃。

アモンにも通用した強力な技だが、魔力《まりょく》消費が大きすぎる。

切り札はオズクロウまで取っておきたい。


『――【聖気纏武《せいきてんぶ》】』


その代わりにシンシアは聖気を纏う。

通常の人間には聖気はただの白い光にしか見えない。

だが、精霊術使いの俺にはよく見える——ごくごく小さな聖精霊が踊《おど》っている姿が。

「まずは私が」

「ああ」

ここに来るまでに連携の練習をしてきたので、目配せだけで通じ合う。

闇オークの武器は大きな棍棒だ。懐《ふところ》に入ってしまえば、至近距離《しきんきょり》での殴《なぐ》り合い。こっちのもんだ。


シンシアがメイス片手に飛び出し。

迎《むか》え撃《う》つ。

大きく振り下ろされる棍棒。

スッと躱《かわ》し、懐に入る。

打ッ。打ッ。打ッ。

メイスが三度。

闇オークの腹を叩く。

後退《バックステップ》——。

闇化オークの二発目を避けるために、シンシアは距離を取る。

仕切り直しだ。

普通《ふつう》のファイア・オークだったら、これだけで倒せる。

が。

彼女が与《あた》えた傷を黒いモヤが覆う。

アモン戦と同じように傷はあっという間に癒《い》えた。

「聖気を纏っただけではダメか」

もし聖気だけで倒せるのであれば、聖職者や聖気を用いる者が、闇化したモンスターを倒せる。

闇精霊は、魔族は、そんなに甘《あま》くはない。

「シンシア」

俺の呼びかけで――。

『――【重撃《ヘヴィ・ヴラスト》】』

攻撃スキルで強力な一撃をお見舞《みま》いする――。

先ほどの通常攻撃よりも大きく闇オークの腹を抉《えぐ》る。
これが通じればいいのだが――。
やっぱり。
あっという間に闇精霊の黒モヤが傷を消し去る。

残された手は少ない。
ひとつは切り札である【聖撃《ホーリー・ブラスト》】。
そして、もうひとつ。
俺の精霊術は相手の武器に属性を付与できる。
さっきは彼女のメイスに氷属性を付与した。
それと同じように――

『聖の精霊よ、シンシアの武器に宿り、聖なる武器となれ――【聖武器《ホーリー・ウェポン》】』

彼女のメイスが白い光に包まれる。

「ラーズ、ありがと」

彼女は駆け出す。

闇オークが怯《ひる》む笑顔《えがお》で。

棍棒は力任せにぶん回されるだけ。

彼女に当たるわけがない。

白い攻撃が闇オークを抉る。

抉る。抉る。抉る。

黒いモヤが癒やそうとするが。

黒は白に追いつかない。

やがて――闇オークは消滅《しょうめつ》した。

シンシアの一方的な勝利だった。


この戦いでふたつ分かったことがある。

ひとつ目。ただの聖気攻撃だけでは闇化モンスターに通用しない。多少の攻撃は黒モヤで無効化されてしまう。

ダメージを与えるには、より強い聖精霊の力が必要だ。精霊術士でないと、闇化モンスターや魔族は倒せない。

魔族が精霊術士を警戒《けいかい》し、憎むのはこれが理由だ。

そして、ふたつ目。闇化オークに纏わりついていた闇精霊が俺の聖精霊に吸《す》い込まれる。

「やっぱり、そうか」

俺の仮説は当たっていたようだ。闇精霊を倒し吸収するたびに、聖精霊は強くなる。

この調子で闇精霊を倒し続けることによって、魔王に匹敵《ひってき》するだけの力を手に入れろ
――ということなんだろう。

この戦いを通じて、聖精霊についての理解が深まった。これだけも大収穫《だいしゅうかく》だが――。

まだ、終わっていない。

「次はお前が相手してくれるのか？」

オズクロウは無言のままだ。

シンシアと視線を交《か》わし――同時に仕掛《しか》ける。

奴は長槍を構えることもなく棒立ちだ。こっちを舐《な》めているのか？

確かにとらえたという手応えだったが――。

奴の姿がブレてかき消える。

「消えた」「残像か」

叩き潰《つぶ》したのはわずかな闇精霊だけ。オズクロウ本体にはダメージを与えていない。

瞬間――背後から濃密な殺気を感じた。

一瞬、シンシアが気になり――。


――ブゥン。


空気ごと斬《き》り裂《さ》くような長槍の一撃。

彼女《かのじょ》はなんなく回避《かいひ》していた。

だが、俺の方は――。


『風の精霊《せいれい》よ、我を飛ばせ――【風衝《ウインド・プレス》】』


風精霊で身体を吹き飛ばすことによって、ギリギリのところで回避できたのだが――。

「ラーズ」

「大丈夫。この程度、かすり傷だ」

彼女を気にしたせいで、その分、精霊術を使うのが遅《おく》れた。

オズクロウは追撃《ついげき》することもなく、その場で立ち尽《つ》くしている。

クソッ、舐めやがってッ！

飛び出そうとしたところで――奴が長槍を一閃。

それだけで、俺は前に進めない。

「この程度か……。アサナエル様もがっかりするであろう」

奴が長槍を持たない方の手を前に出す。手のひらから闇精霊が現れ、奴の全身を黒く包む。

次の瞬間――奴の姿はかき消えていた。

部屋から闇精霊の気配は完全に消失している。

シンシアを見ると、彼女の目は俺の右腕《みぎうで》に釘付《くぎづ》けだ。千切れかけてプラプラしてる右腕に。

「今、治すね」

「ありがとう。それにしても、鈍《にぶ》っているな」

自分の不甲斐《ふがい》なさに拳を握りしめる。殴り合いは一年以上やっていなかった。だけど、それは言い訳にならない。

アモンのような力押《ちからお》しの相手ならどうにかなったが――。

俺は負けたのだ――。

「気持ちを切り替えよう。まだ、残党がいるみたいだからな」

「そうね」

部屋の奥《おく》には向こうへと続く通路があり、そちらから闇精霊《やみせいれい》の匂いがする。

オズクロウに比べたら遥《はる》かに薄《うす》いが、それでも感じられる。

「まだ、先がある。進もう」

その先は未知の領域。本来のフロアマップは頭に入っているが、まったく構造が変わってしまったようだ。これも奴の仕業《しわざ》なのだろうか。

警戒しながら進んでいく。

「あれは……闇化ラットか」

先ほどのオークのように黒く闇精霊を纏ったラットだ。

こっちに向かって跳《と》んで来る。

通常のより素早いが――ブンッ。

シンシアの聖気を纏ったメイスがなんなく叩き落とす。

「大したことないわ」

「ああ、これくらいなら相手にもならないな」

それでも、倒したことによって聖精霊が震《ふる》える。

「闇化したモンスターを倒すと聖精霊が強くなる。一匹《ぴき》残らず殲滅《せんめつ》しよう」

闇化オークに比べたら極々《ごくごく》わずかな成長だが、塵《ちり》も積もれば——というヤツだ。

それに他の冒険者のためにも全滅《ぜんめつ》させておくべき。

それから、未知のフロアを探索《たんさく》していく。闇化したモンスターが現れるが、相手になるほどのヤツは現れなかった。

未知フロアを完全に制覇《せいは》し、闇精霊の気配がゼロになった。

残りは最奥《さいおう》にある小さな部屋だけ。

「なにかありそうね」

「入ってみよう」

俺《おれ》たちが入ると、部屋の中央に小さな宝箱が現れた。

「罠《わな》かしら？」

「調べてみる」

俺は【罠対応】と【解錠《かいじょう》】のスキルを持っている。

元パーティーの奴らが誰《だれ》も身につけようとしなかったからだ。

こういう地味な仕事はすべて俺がこなしていた。

おかげでスキルが役立つのだから感謝する――気はこれっぽっちも起こらない。

「異常はなさそうだ」

俺のスキルは問題ないと告げている。

「開けたい？」

「ラーズに任せるわ」

宝箱の蓋《ふた》を開ける。

中には石がひとつ
俺はそれを取り上げる。

「精霊石だ」

見間違《みまち》えるはずがない。これはまさしく精霊石だ。

オズクロウの出現と関係があるのか？

まあ、考えても無駄だ。

「帰ろう」

「そうね」

結局、予定の半分くらいしか進めなかった。

だが、その代わりに得たものは大きかった。

◇◆◇◆◇◆◇

ダンジョンから帰還《きかん》した俺たちは、その足で冒険者《ぼうけんしゃ》ギルドに向かった。

ロッテさんの姿が見えないので、近くにいた職員に声をかける。彼女に案内され、昨日と同じ個室に向かう。

ローテーブルを挟《はさ》んで二脚《きゃく》のソファー。そのひとつのソファーにシンシアと並んで座《すわ》る。

二人がけだから余裕があるはずなのに、なぜかシンシアがピタっとくっついてくるので、俺の心臓は高鳴りっぱなしだ。

しばらくするとロッテさんがハンネマン支部長と一緒《いっしょ》にやって来た。

彼女のクマは朝よりも悪化し、その目は半分閉じており、身体はフラフラと揺《ゆ》れている。

そして、俺を見るなり――。

「………今日もなにかやらかしてきましたか？」

俺とシンシアの表情から察したのだろう。ロッテさんの表情が見る見るうちに凍《こお》りついていく。

「まあ、その話は後だ」

支部長が向かいに座り、その隣《となり》にロッテさんも腰《こし》を下ろす。

その気になれば五秒で寝落《ねお》ちしそうなコンディションのようだが、大丈夫《だいじょうぶ》なのか？

「結果から言おう。ラーズが言うように、これは精霊石だ」

テーブルに精霊石を置く。

「――『精霊石』と呼ばれる物だ」

「やはり、ギルドにも記録があったんですね」

「うむ。ロッテ、続きを頼む」

「はい。ここ一〇〇〇年は発見された記録がありません。しかし、それ以前には複数発見されているようです」

ロッテさんが書類に目を落としたままで説明する。

一〇〇〇年以上前――アヴァドンと魔王《まおう》の時代だ。

「その頃《ころ》を境に我々の前から姿を消した精霊石。なぜ精霊王がラーズに託《たく》したのか……。思い当たるフシがあるかね？」

支部長は目を細め、腕《うで》を組む。

「はい。この『精霊石』ですが、精霊を強化するものだそうです」

「ロッテ？」

「ギルドの記録にも同じように記述されています。それ以外の使用法はギルドの記録には残されていません」

「分かりました。ありがとうございます。その精霊石ですが——」

マジックバッグに手を突っ込《こ》む。

「今日、もうひとつ第一六階層の隠《かく》しフロアで発見しました」

「…………」

爆弾《ばくだん》発言に部屋が静まる。支部長はなにかを考えるように。

ロッテさんは「やっぱり……。また、残業が……」と死んだ目をする。

「どういうことだ？」

支部長が眉《まゆ》をひそめる。

「実は——」

俺はオズクロウとの経緯《いきさつ》を説明する。

「——残念なことに、逃《に》げられてしまいましたが」

「そうか。また襲《おそ》ってくるやもな。いらぬお世話だろうが、油断するでないぞ」

その言葉が会談の終わりを告げる。

「では、俺たちはこれで失礼させていただきます」

「ラーズさん、シンシアさん、お疲《つか》れ様《さま》でした。下までお見送りいたしますね」

最後にもう一度、支部長と握手《あくしゅ》を交わし、俺たちは談話室を後にした。

三人で階段を下っていく。

「ロッテさん。明日は俺たち休みにしますね」

「…………ええ」

「それでもしロッテさんが良かったら、昼か夜に一緒に食事でもどうですか？」

俺の誘《さそ》いにロッテさんは足を止めた。そして、こちらを振《ふ》り向き――。

「明日も仕事です。引き継《つ》ぎでこの一週間ロクに休みもないのですが……」

凍りついた笑顔で返された。とっても怖《こわ》い……。

「あっ、そうですね。すみませんでした……」

そう返すだけで精一杯《せいいっぱい》だった――。


――昨日に引き続き、その日の晩も夢の中に精霊王様が現れた。

「アモンだけではなく、他の魔族《まぞく》も動き出したようだの」

「ええ、オズクロウと名乗る魔族でした」

「ヤツは手先に過ぎない。その背後には知謀《ちぼう》に長《た》けた魔族が控えておる。思慮深《しりよぶか》く残虐《ざんぎやく》で精霊術士を搦《から》め捕《と》ろうとする。一〇〇〇年前もアヴァドンが苦しめられておった。そやつの名は――アサナエル」

オズクロウ相手でも苦戦したのだ。さらにその上がいるとなると……。

一刻も早く力を手に入れないとな。

だが、だからといって焦《あせ》ってはいけない。

急ぐのと焦るのは違《ちが》うのだから――。

# 間話一　オズクロウからアサナエルへの報告

闇の中で光る水晶《すいしょう》。

そこに映るものを見て、アサナエルは嗜虐《しぎゃく》的な笑《え》みを浮《う》かべる。

オズクロウが帰還し、彼女のもとに膝《ひざ》をつく。

彼女が手を振ると、水晶が消えた。

「ただいま戻《もど》りました」

「ご苦労ね。見てたわよ」

「ご覧の通り、現時点では取るに足らない存在です」

「そのようね」

本来なら望ましい報告である筈《はず》が、アサナエルは不満げだ。

「期待外れね」

アリを踏《ふ》み潰してもどうということはない。

潰すなら、十分な力を持ち、自分に挑《いど》んでくる相手。

その顔が絶望に染まる瞬間《しゅんかん》こそ、何ものにも代えがたい。

「しばらくは様子見ね。精霊術士《ヤツ》らは急に成長することがあるわ。そのときまで待ちなさい」

「承知しました」

「ただ、そうね。良い策があるわ――」

# 第二章　燎燐《りょうりん》のサラ

『二の一』――という言葉がある。

冒険者なら誰でも知っている言葉で、ダンジョン攻略《こうりゃく》における鉄則のひとつだ。

ダンジョンに挑む冒険者とはいえ、毎日休みなしで潜《もぐ》り続ける訳にはいかない。疲労《ひろう》は蓄積《ちくせき》するし、精神も損耗《そんもう》する。

そこで、定期的に休みをとる必要があるのだが、長年の経験から攻略と休息の最適な比率は二対一――二日潜ったら一日休む――とされている。それが『二の一』だ。

のんびり休息を取るか、朝から呑《の》むか、身体を鍛《きた》えるか。いずれにしろ、三日続けてダンジョンに入るなということだ。

いち早く強さを身につけたいが、焦りを生まないためにも、俺たちもこの鉄則を守る。

だから、オズクロウと戦った翌日――今日はダンジョン攻略はお休みだ。

――アインスの街。

俺は三年、シンシアは五年、この街で過ごした。

俺にとっても、シンシアにとっても、この街は冒険者を始めた思い出の街だ。

行きたい場所もあるし、会いたい人もいる。俺は何人かの顔が頭に浮かぶ。シンシアもそれは同じだろう。

だが、昨日のオズクロウとの敗戦で、どこに行くかは決まった――。

「それで、今日はどうする予定？」

朝の食卓《しょくたく》でシンシアに尋《たず》ねる。

「甘味《かんみ》巡《めぐ》りでもしようかと思ってたけど……。ラーズは？」

シンシアも昨日の戦いで思うところがあるのだろう。

「俺は会いたい人がいる」

「あら、どんな人かしら？　可愛《かわい》い女の子だったりして」

「いや、師匠《ししょう》だ。以前アインスにいた時に世話になった人なんだよ」

「へえ、ラーズの師匠かあ、気になるな」

「見に来る？」

「ううん、私も鍛えたいから」

朝食を済ませ、二人で拠点《きょてん》を出る。

「俺はこっちだけど？」

大通りの北方面を指差すと。

「あら、奇遇《きぐう》ね。私もこっちよ」

「なら、途中《とちゅう》まで一緒に行こう」

二人並んで大通りを北に進む。

しばらくすると街の中心にある冒険者ギルドとダンジョン入り口が視界に入るが、どちらも今日の目的ではないので素通《すどお》りする。

そして、そのまましばらく進むと目的地だ。

「じゃあ、俺はここで」「じゃあ、私はここで」

「えっ⁉」「えっ⁉」

シンシアと声が重なる。

「もしかして……」

どうやら、目当ての人物は一緒だったようだ。

「シンシアも？」

「ラーズこそ。後衛でしょ?」

「出来ることはなんでもやってきたからな」

「ラーズらしいわね」

広い空き地。

間隔《かんかく》を空けて立てられた木人。

二〇人ほどの冒険者。

沸《わ》き立つ若い熱気。

二年経《た》っても相変わらずな風景だ。

その中に目的の人物を見つける。

向こうもすぐに俺たちに気づいたようだ。

「お久しぶりです。師匠」

「おお、珍《めずら》しい組み合わせだのう」

ここカヴァレラ流体術道場師範《しはん》のカヴァレラ師匠だ。

師匠は一〇年ほど前に冒険者を引退し、今では後進の指導に第二の人生を捧《ささ》げている。

もう四〇代も半ばだというのに、いまだ衰《おとろ》えておらず、鋼のような筋肉をまとっている。

ちなみに、道場といっても、教えてるのはカヴァレラ師匠だけだ。

門下生はとらず、誰でもここに来れば、体術を教えてもらえる道場で、時間も自由。来たい時に来ればいい、帰りたい時に帰ればいいという方針だ。

これは冒険者にとってみれば、非常にありがたいことだ。自由なイメージの冒険者だが、パーティーを組んでいる以上、決まった時間に予定を入れるというのは意外と難しい。

アインスにいた頃《ころ》は精霊術《せいれいじゅつ》を学べる相手が居なかったので、代わりに暇《ひま》があればここに通っていた。

しかし、アインスを離《はな》れてからは、段々と前衛をこなす機会も減り、師匠のような専門家にフォームを見てもらう機会もなくなった。

弱い敵なら今のままでも構わないが、オズクロウのような強敵と戦うためには最適に動けなければ戦いにならない。

これを機会に、自己流でついたクセを直したい——そう思って、師匠の下にやって来たのだ。

「思い出話をしに来たのではないようだの」

「もう一度、自分を鍛え直したくて参りました」

「私もです」

「話は聞いておる」

師匠の耳が早いのか。噂《うわさ》が広まるのが早いのか。俺たちの事情は筒抜《つつぬ》けのようだ。

「まずは一発いれてみろ」

「押忍《おす》ッ！」「押忍ッ！」

昔と変わってないな。

入門したときもそうだったし、事あるごとに「一発入れてみろ」と言われたものだ。

最初は俺だ。空いている木人に向かう。高さ二メートルくらいの木で出来た人形。

ただの木ではなく、丈夫《じょうぶ》なダンジョン産素材で出来ており、師匠が殴っても壊《こわ》れない頑《がん》丈《じょう》なシロモノだ。

師匠が本気を出したらどうなるかは知らないが……。

木人に向かう俺に、冒険者たちの視線が集まる。

「カヴァレラ流体術道場」の名が示す通り、体術を専《もっぱ》らとする【拳士《けんし》】が半分以上を占《し》めるが、【剣士《けんし》】などの他の前衛職も学びに来ている。体術は武器を使う戦闘《せんとう》においても役立つからだ。

さすがに、後衛職は俺くらいだったが。

ともあれ、今は集中だ。

木人に向かい合い、足を開いて、腰を落とす。

目を閉じて、大きく深呼吸。

右腕を鋭《するど》く前に突《つ》き出す――。

――正拳《せいけん》突き。

ドォンという音とともに、木人が揺れる。

「うむ。次はシンシア」

「押忍ッ！」

シンシアも同じように正拳突き。

木人は俺よりも激しく揺れた。

「うむ」

知らない人が聞いたらただ頷《うなず》いただけだ。だけどここにいる者は全員知っている。師匠の「うむ」が最大限の賛辞であると。

久しぶりだったので少し不安だったが、認めてもらえたようだ。

師匠の「一発入れろ」――これは技量を見るのでも、強さを見るのでもない。「覚悟《かくご》を見るものだ」と何度も師匠に言われた。

当時はその意味が分かっていなかったが、今ならその意味がよく分かる。

師匠も【二つ星】冒険者だ。

俺と同じく、サード・ダンジョンに挑んだ者だ。

俺なんかよりもよっぽどサード・ダンジョンには詳《くわ》しい。

師匠はダンジョン攻略を引退してこの街に来てからも、定期的にファースト・ダンジョンに潜っている。

噂では、ソロで第三〇階層のラスボス討伐《とうばつ》をしているとか。

引退した冒険者はあっという間に衰えてしまう。

どういう理屈《りくつ》なのかは知らないが、ダンジョンに潜らなくなると、急激に弱体化するのだ。

【二つ星】であっても、一年も潜らなかったら、一般人《いっぱんじん》並みの強さに戻ってしまうらしい。

だから、師匠や冒険者ギルド支部長のハンネマンのように、引退後も戦力を維持《いじ》する必要がある人間は、定期的にダンジョンに潜る必要があるのだ。

師匠はジョブランク３の【戦拳闘士《せんけんとうし》】。

師匠のような優秀《ゆうしゅう》な冒険者でも、サード・ダンジョン途中で引退したのだから、いかにダンジョン攻略が過酷《かこく》で困難か分かるだろう。

「よし、並べッ！　二人は前に」

師匠の大きな声が広場に響《ひび》く。

それに合わせて、弟子《でし》たちが師匠に対面するように等間隔《とうかんかく》に並ぶ。

俺とシンシアは、師匠に一番近い場所、彼《かれ》らの前に立つ。

「構えッ！」の声で、全員が基本の構えを取る。

手や足の位置、重心のかけ方――これだけでおおよその力量が分かる。

師匠は一人ずつ、フォームを確認《かくにん》し、アドバイスとともに修正していく。

シンシアには「悪くないが、攻め気が前に出《せ》すぎておる」と肩《かた》を軽く後ろに押す。

俺の番が来た。

「ラーズよ。この中で一番悪いのう」

「………………」

周りは後輩弟子《こうはいでし》。星なしの若手冒険者だ。まさか、そんなはずがないと戸惑《とまど》っていると。

「攻めるのか、守るのか、その両方か。気持ちが定まっておらん」

気持ちを見透《みす》かされ、厳しい言葉は俺の心の底を抉った。

「だから、簡単に乱れる」

トン――と軽く肩を押されただけで、俺はバランスを崩《くず》してしまう。

「鍛え直し甲斐《がい》があるの」

ふっと師匠が微笑《ほほえ》む。

「よし、始めッ！」

そこから決まった型の流れが始まる。

まずは正拳突きからだ。

師匠は棒を持ち、弟子の悪い場所を叩《たた》いて修正する。

「ここッ！」

「右ッ！」

「左ッ！」

俺が身体を動かすたびに棒で叩かれる。

普段《ふだん》は弟子の周りを巡回《じゅんかい》するのだが、今日の師匠は俺につきっきり。

たまにシンシアにも指導を入れるが、ほとんどは俺を見てくれた——。

「止《や》めッ！」

その声で俺はその場に頽れた。

命がかかっていないのにもかかわらず、ダンジョンで格上モンスターに挑んだとき並みの疲労感だ。

だが、その分、見合うだけのものが得られた。

直されたのはフォームだけではない。

師匠のひと打ちごとに、心の中に渦巻《うずま》く葛藤《かっとう》が薄れていった。

「どうだ、迷いは消えたか？」

「はい。足元が疎《おろそ》かだったと気づかせていただきました。そのおかげで自分のあり方が分かりました」

「うむ」

結局、三時間ほど、ほぼ付きっきりで見てもらった。

本当、師匠には頭が上がらない。

長時間、師匠を独《ひと》り占《じ》めしてしまい、他の弟子たちに申し訳なく思ったが、師匠が言うには――。

『なに、他のヤツらは明日死ぬことはない。だが、オマエは明日死ぬかもしれん。そういう生き方をしてるのだろ？』とのことで、返す言葉がなかった。

「よし、昼メシにするか――」

師匠の奥さんが用意してくれた昼食を済ませ、午後の修行《しゅぎょう》が再開する。

「シンシアさん」

水色髪《がみ》の女の子がシンシアに声をかける。

背は低く、クリクリとした目は仔猫《こねこ》のように輝《かがや》く。

「ヴィンデと申します。私と組み手して下さい！」

憧《あこが》れと挑む気持ち――若い真《ま》っ直《す》ぐさは迷いがない。

申《もう》し込まれたシンシアは師匠を見る。

「ほう。面白《おもしろ》い。シンシア、相手してやれ」

「押忍ッ！」

二人が向き合って立つ。

それだけで力量の差がハッキリと分かる。

師匠や俺だけでなく、弟子たちにも理解できる隔絶《かくぜつ》だ。

もちろん、向き合っているヴィンデが誰よりも分かっているだろう。

それでも彼女の瞳《ひとみ》はシンシアを強く射る。

「始めッ！」

師匠のかけ声で、最初に動いたのはヴィンデだ。

シンシアはあえてヴィンデの攻撃《こうげき》を受ける気だ。

一歩。二歩。ヴィンデが詰《つ》める。なかなか速い。

ヴィンデは勢いのままハイキック。
軽いな。シンシアは腕でブロック。
だが、ハイキックは本命じゃない。
クルリと身体を捻《ひね》り後ろ回し蹴《げ》り。
それが本命だ。

――ズバン。

ハイキックとは異なり、重い音。
上手《うま》いな。身体は小さいが、全身のバネを使い、体重を乗せた一撃《いちげき》。
シンシアは腕で受けると、そのまま腕を上げ、ヴィンデの足を払《はら》い上げる。
普通《ふつう》ならバランスを崩して倒《たお》れ、拳《こぶし》を突きつけられ――ここで試合終了《しゅうりょう》だ。
が。

ヴィンデはまるで猫《ねこ》のように軽《かろ》やかに空中で一回転。
そのまま着地、身体を屈《かが》め、バネとなって飛び出す。

シンシアは嬉《うれ》しそうに口角を上げる。
ギアを上げるつもりだ。
前に出て、迎《むか》え撃《う》つ。

飛び込んできたヴィンデの突《つ》きを払い、足を止めての殴《なぐ》り合いが始まる。
ヴィンデの拳はシンシアに届かない。
一方、シンシアの攻撃は次々とヒットしていく。
突き。殴り。蹴《け》り。払う。
お互《たが》い持てる技をすべて出し切った接近戦が続く。

三分後。

ヴィンデは汗《あせ》だくでヘロヘロ、肩で息をしている。

一方のシンシアは涼《すず》しい顔だ。汗ひとつかいていない。

「もう終わり？」

「まだまだっ！」

最後の力を振り絞《しぼ》って、ヴィンデは殴りかかる。

シンシアは腰を落とし、腕を掴《つか》み、ヴィンデを投げる。

「そこまでッ！」

シンシアの背負い投げでケリがついた。

ヴィンデは投げられて地面に大の字になったまま動かない。

一方的にコテンパンにされて、心が折れたか？

だが――。

『あああぁ、負けたあああぁ』

勢いよく起き上がる。

「シンシアさん、強すぎですよ」

「ヴィンデもなかなか良かったよ」

『ありがとうございます！』

二人は握手を交《か》わす。

ヴィンデは負けたのにもかかわらず、晴れ晴れとした顔だ。

この先もドンドン成長していく冒険者の顔をしていた。

「どうだ。これがお前たちと【二つ星】の差だ。これでもシンシアは本気を出しておらん」

弟子たちは静まり返る。自分たちとの差を痛感しているのだろう。それでも多くの者が瞳に闘志《とうし》を宿していた。良い後輩《こうはい》たちだ。

「二人の本気見てみたいだろ？」

師匠が俺とシンシアに視線を向ける。もちろん、否《いな》やはない。

シンシアと向き合うと「始めッ！」の声。

精霊術《せいれいじゅつ》なしの状態で、どこまでシンシアに食いつけるか――やってみせるッ！


シンシアとの組み手は五分ほど続き――。


「止めッ！」

師匠の合図で俺もシンシアも構えを解く。

「どうだ、お互い見えなかったものが見えてきただろ？」

「押忍ッ！」「押忍ッ！」

「敵を知るのも大事だが、味方を知るのは更《さら》に大事だ。後で、よく話し合うんだな」

「押忍ッ！」「押忍ッ！」

師匠の言葉通り、自分のだけでなくシンシアの欠点にも気づけた。彼女《かのじょ》もそれは同じだろう。とても有意義な一戦だった。

「さてと、二人の課題が見えたところで、ラーズの一番の問題点だが――」

師匠はシンシアのもとに歩み寄り――急激に殺気が膨《ふく》れ上がる。

俺が気づいたときには、師匠の手刀がシンシアの首元に突きつりられていた。

「師匠！」

俺が叫《さけ》ぶと、師匠は手刀を放した。だが、その顔は険しい。

「それがお前の弱さだ」

師匠は続ける。

「俺がふざけているのか。俺が害をなすはずがない。では、これはいったい――それを考えてしまい、動けなかった」

図星だ。

「それとシンシアに危機が迫《せま》ったことによる動揺《どうよう》。それで本当のコンビと言えるか？」

師匠の言葉が胸に突き刺《さ》さる。

昨日のオズクロウ戦もそうだった。

ヤツの姿が消え、殺気を感じた瞬間。俺《おれ》は自分のことよりもシンシアのことを気にしてしまい、そのせいで回避《かいひ》が遅《おく》れた。

シンシアなら自力でどうにかなると――信じ切れていなかったのだ。

彼女を信じていれば、回避は余裕《よゆう》だったし、反撃《はんげき》も出来た。

それが出来なかったのが――俺の弱さだ。

「ありがとうございました。肝《きも》に銘《めい》じます」

「まあ、説教はこれくらいにして、俺も少し身体を動かしたくなった」

師匠が目を細める。

「二対一で構わん。かかって来い――」


――カーンカーンカーンカーンカーンカーン。


教会の鐘《かね》の音《ね》が六つ。

午後六時を告げる鐘だ。

「よーし、終わりだ。メシ行くぞ」

「押忍ッ！」

へばりきった俺とシンシアとは対照的に弟子たちの嬉しそうな声が重なる。

「いやあ、これほどとはね」

「師匠の本気、初めて見たわ」

「ああ、俺たちもまだまだだな」

なんとか立ち上がったところに、ヴィンデが声をかけてきた。

「お二人も行きますよね？」

「ああ、もちろん」

修行の後はみんな一緒にメシを食いに行く。

それが、カヴァレラ道場の習わしだ。

ちなみに、全額師匠の奢《おご》り。駆《か》け出しの冒険者《ぼうけんしゃ》はとにかく金がない。腹一杯《はらいっぱい》食べられる機会なんて中々ない。

しかも、激しく身体を動かした後だ。

修行の後のメシは死ぬほど旨《うま》く、これ目当てで来てる奴《やつ》らも多い。

もちろん、タダ飯目当てで修行する気がない奴なんかは、師匠に滅茶苦茶《めちゃくちゃ》にしごかれ、次から顔を見せなくなるが。

せっかくなので、今日は俺たちも参加させてもらう。若い冒険者と話すのは良い刺激《しげき》になるしな。

若い弟子たちは敷地《しきち》の出口に置かれている大きな革袋《かわぶくろ》にいくばくかの硬貨《こうか》を入れていく。

師匠への指導料だ。師匠の道場は料金を定めていない。

「無理するくらいならメシを食え」

それが駆け出し冒険者の懐《ふところ》事情を良く知っている師匠の口癖《くちぐせ》だ。

皆《みな》、無理のないだけ支払《しはら》っていくし、たとえ革袋に手を突っ込むだけでも文句は言われない。

だからこそ、みんな師匠には頭が上がらないのだ。

はっきり言って弟子たちが支払う額は雀《すずめ》の涙《なみだ》だ。これから向かう飯代にも満たないだろう。だが、それでも師匠がやっていけてるのには理由がある。

ファースト・ダンジョンをクリアした弟子たちが、今までのツケを払うかのように、それなりの額を納めていくからだ。

俺もこの街を離れる時には、半月分の稼《かせ》ぎを納めさせてもらった。

弟子たちが順番に革袋に手を入れていき、最後は俺たちの番だ。

俺もシンシアも【二つ星】に相応《ふさわ》しい額を突っ込《こ》んだ。

重くなった革袋を持ち上げ、師匠が笑う。

「ははっ、今日は二人の奢りだな。みんなお礼言っとけよ」

「ごちそうになりますッ!!」

向かった店は当時と変わっていなかった。

髭面《ひげづら》の頭にタオルを巻いた小太りのオッサンがフライパンを振るう、駆け出し冒険者向けの店だ。

油で汚《よご》れた狭苦《せまくる》しい店内。

味よりもボリューム優先。

皿から溢《あふ》れそうに盛られた揚《あ》げ物。

水で薄《うす》めたようなヌルく薄いエール。

二年前となにも変わっていない。

久しぶりに口にした料理の味は、懐《なつ》かしすぎて泣きそうになった。

【二つ星】になり、美味《おい》しい料理を腹一杯食べられるようになった。

だけど、この味だけは一生忘れられないな……。

「ヴィンデは何年目?」

「三年とちょっとです。今は第二〇階層ボスに挑んでいるところです」

「なかなか優秀だね」

『無窮《むきゅう》の翼《つばさ》』はともかく、三年でそこまで行ければ十分速いペースだ。

「いえいえ、ラーズさんと比べたら、大したことないですよ」

「そんなことないわよ。私はそこまで行くのに三年半かかったわ」

「シンシアさんでもですか？」

「ええ。結局、制覇《せいは》するのに五年かかったわ」

「ヴィンデなら間違《まちが》いなく星持ちになれるよ」

「ホントですか⁉　そう言われると嬉しいです」

「ええ、ヴィンデは目が良いわ。ちゃんと私の攻撃が見えてたじゃない」

「ですが、身体が追いつかなくて……」

「そこは修行あるのみだな」

「焦らなければ、大丈夫《だいじょうぶ》よ」

「なんか自信が出て来ました。ありがとうございます」

――店を出て、師匠と向かい合う。

「もう会うことはないかもしれんが、二人とも俺の弟子だ。自分の道を信じて進め」

「はいっ。師匠もお元気で」

・

「元気でいてくださいね」

「ああ、まだまだ若造には負けんよ」

師匠と握手《あくしゅ》を交わし、俺たちは別れを告げた。

◇◆◇◆◇◆◇

――翌日。


一昨日の続きからダンジョン攻略を再開する。

第一七階層に降り立つと、一体の火精霊が興奮した様子で俺とシンシアの周りを激しく飛び回る。

「なにかしら？」

「なにか欲《ほ》しがっている気がする」

「ひょっとして……」

「ああ」

マジックバッグから精霊石をひとつ取り出す。

火精霊が俺の頭上をクルクルと高速回転し始めた。

俺が精霊石を近づけると、火精霊が飲《の》み込んだみたいに精霊石が消え去った。

次の瞬間、火精霊がムクムクと大きくなり、徐々《じょじょ》に輪郭《りんかく》が整い、人の形を作り上げる。

「これは？」

俺とシンシアの驚《おどろ》きの声が重なったとき、俺は違《ちが》う空間に飛ばされたと悟《さと》った。


——草原だ。


見渡《みわた》す限りの草原だ。

遮蔽物《しゃへいぶつ》は何もない。

脛《すね》まである下草だけが、地平の果てまで続いている。


「あそぼ」

声が響く。同時に――。

突如《とつじょ》、上空が紅《あか》く染まる。

つられて見上げ、あまりの存在感に動きが止まってしまった。

落ちて来たのは、赤く巨大《きょだい》な火の球だ。

天を舐《な》め、長く尾《お》を伸《の》ばし、空を切り裂《さ》き、迫って来る。

火の球は俺目《おれめ》掛《が》けて墜《お》ちて来る――。

――ドゴォオオン。

間一髪《かんいっぱつ》。

反射的に地面を転がり、ギリギリで回避できた。

起き上がり、燃《も》え盛《さか》るそれを振《ふ》り返る。

火焔《かえん》を吹《ふ》き続けているそれは徐々に人型を成す。

敵か否か――精霊術を使おうとして。

「火精霊しかいない……」

いつもは火風水土――四種の精霊がいるが、この世界にいるのは火精霊だけだ。

他の精霊は使えない。火精霊の力だけでなんとかするしかない。

『火の精霊よ、我に加護を与《あた》えよ――【火加護《ファイア・ブレッシング》】』

火精霊で身体強化し、様子をうかがう。

「燎燐《りょうりん》のサラ」

炎《ほのお》と一体化した幼い少女だ。

身長は俺より低い。衣服の代わりに、揺《ゆ》らめく炎を纏《まと》っている。

身体の輪郭は曖昧《あいまい》で、指先や足元は炎と溶《と》け合い、どこまでが身体で、どこまでが炎なのか判別できない。

纏う炎と対照的に、透《す》ける様に真っ白な肌《はだ》。

燦々《さんさん》と煌《きら》めく紅い髪をなびかせ、灼光のごとくこちらを射る赫《あか》い双眸《そうぼう》。

「サラがあそんであげる」

俺は己を鼓舞《こぶ》する。火精霊の力を借りて、心の炎を灯《とも》す。

俺の心が燃え上がるのに合わせて、周囲を飛んでいる火精霊たちも活気づく。

「ああ、やってやろうじゃないか」

『火の精霊よ、燃え盛る剣《けん》となれ――【炎 剣《フレイム・ソード》】』

サラの射《さ》すような視線を正面から受け止め、負けじと射返す。

俺は一人じゃない、火精霊たちがついている。

「頼《たの》むぜッ！　相棒ッ！」

俺は炎剣を前に構え、サラと対峙《たいじ》する。

「サラをたのしませてー」

サラが左手を前に出し――。

『――【火弾単射】』

その手から火弾が勢い良く発射され、俺目掛けて飛んで来る――。

かなり速いスピードだ。

が。

俺を狙《ねら》ってくることが分かっていれば、躱《かわ》すのは容易《たやす》い。

「へえ──」

『──【火弾単射】』

『──【火弾単射】』

『──【火弾単射】』

サラが火弾を連射。

相変わらず狙いは単調。

この程度なら──反撃可能だ！

火弾が増える。

それに合わせて、俺の心も燃え上がる。

最小限の動きで火弾を回避。

彼女に近づき。

炎剣を振るう。

彼女は攻撃を中断。

バックステップで炎剣を回避。

さすがに、この程度でやれるほど甘《あま》くはないか。

さらに連撃《れんげき》で畳《たた》み掛《か》けようとすると——。

「なかなかやるー。これはー？」

サラはかすかにほころぶ。

俺同様、彼女も戦いを楽しんでいる。


『——【火弾全射】』


サラの周りに無数の火弾が浮《う》かび上がる。

虚空《こくう》を埋《う》め尽《つ》くす——とんでもない量だ。

「いけー」

サラの合図で全ての火弾が一斉《いっせい》に襲《おそ》いかかってくる。

これまでとはケタ違い。

避《さ》ける隙間《すきま》は皆無《かいむ》。

視界が赤一色に染まる。

――回避は不可能。防ぐしか手はないが……出来るのか？
「いやッ。やるしかない。精霊《せいれい》たちよ、俺に力を貸してくれッ」
『火の精霊よ、集いて壁《かべ》を成せ――【火壁《ファイア・ウォール》】』
火精霊たちが前方に集まり。
盾《たて》となる。
大量の火弾。
全ては防げない。
が。
抜《ぬ》けてきた火弾だけを対処すればいい。
これならなんとか凌《しの》げるかッ。
容赦《ようしゃ》なく畳み掛ける火弾の嵐《あらし》。
九割方は火壁で防げる。
問題は残りの一割。

自力で対処するしかない。
炎剣で叩き落とし。
方向をそらし。
受け止める。
早くッ、速くッ、疾《はや》くッ――。
回転数を上げろ。
身体を回し続けろ。
腰《こし》を回し。
腕《うで》を回し。
脚《あし》を回す。
カヴァレラ師匠《ししょう》のおかげだ。
無駄《むだ》なく身体を動かせる。
炎剣を一度振《ふ》るう度《たび》に――。
心は燃え。
身体は熱く。
剣速も上昇《じょうしょう》。

見えるッ、視《み》えるッ、観《み》えるッ――。
時間の流れがゆるやかに。
火弾の動きもゆっくりと。
俺の剣はどこまでも疾くなっていく。
無限とも思えた火弾の幕。
それを防ぎ切り。
最後の一発を斬《き》り落とす。
同時に――。
前方へ駆け出す。
サラとの距離《きょり》を一気に縮める。
駆け抜ける勢いすべてを剣に乗せ。
サラの胴体《どうたい》目掛《めが》けて一突《ひとつ》きッ！！！
確実に捉《とら》えたッ！
タイミングは完璧《かんぺき》。
避ける暇《ひま》はない。
そのはずが――。

「なにぃ!?」

刹那《せつな》。

サラの身体がブレる。

俺の剣が捉えたのは、残像だった。

右にズレた彼女は至近距離《しきんきより》から――。


『――【火弾単射】』


「クッ」

体勢は崩れたまま。

回避は不可能。

突《つ》いた剣を引き戻《もど》しても――間に合わない。

絶体絶命ッ。

背に腹は替《か》えられぬ。

「力を貸してくれッ！」

火精霊に呼びかける。

炎剣から姿を変え。
俺の右手に覆《おお》いかぶさる。
手のひらをサラに向けて突き出す。
着弾《ちゃくだん》のタイミングに合わせ。
炎に包まれた手で火弾を打ち払う。
右手に激痛が走る。
が。
直撃《ちょくげき》は免《まぬか》れた。
痛みを気にしている場合ではない。
追撃《ついげき》を避けねば。
バックステップで距離を取る。
右手が激しく痛む。
指はあらぬ方向に折れ曲がり。
焼けただれている。
しかし、火精霊が衝撃《しょうげき》を和《やわ》らげてくれたおかげで、指の欠損はない。

これなら、なんとかなる。

俺は、回復ポーションを取り出し、一息で飲み尽くす。時間を逆回しするかのごとく、傷は癒《い》えて元通り。

怪我《けが》は負ったが、致命的《ちめいてき》ではない。まだまだ十分戦える。

俺は炎剣をサラに向け、戦意を示す。途端《とたん》、身体がカッと熱くなる。

「たえたー。じゃあ、これはー？」

サラが一段と深く笑《え》み、詠唱《えいしょう》を始める。

――火は燃える。

――燃えあがり。

――燃えうつり。

――燃えさかり。

――燃え広がる。

――飛び交う、火の粉よ。

――降り注ぐ、火の雨よ。

――荒《あ》れ狂《くる》う、火の海よ。

――火焔よ今、燃え誇《ほこ》れ。


『――【烽火連天《ほうかれんてん》】』


草原が地の果てまで、火で覆い尽くされる。

赤く。赤く。赤く。

世界が炎で染め上げられた――。

「くそっ、これ反則だろ」

魔法《まほう》の発動とともに、すぐさま炎剣を薙《な》ぎ払ったおかげで、俺の周囲一メートルは燃えていない。

しかし、それ以外は足の踏《ふ》み場《ば》もない火の海だ。

「これじゃあ、近づくこともままならないな……」

『どしたのー？　こっち、こないのー？』

サラは不思議そうな顔をする。

「いったいいちで、もやしあお？」

すぅー、と。彼女は音もなく地面に降り立った。
そして、右手をクイクイッと動かす。かかって来いと挑発《ちょうはつ》する。
接近戦がお望みか。
俺はためらう。
彼女の【火炎弾《かえんだん》】はゼロ距離でも放てる。
その威力《いりょく》は身をもって知ったばかり。
身体強化して殴り合うのが一番だが、彼女には不思議な回避術がある。
不意打ちに近い突きも、身体がブレるように消えて回避された。
あの技を連続されたら、一撃入れるのすら至難の業だ。
「こっち、おいでー」
俺が決めかねていると——。
「じゃ、サラから、いくー」
言うや否や、なんの気負いもなく突進《とっしん》して来る。
マズいッ。考えている暇はない。
防御《ぼうぎょ》に全振《ぜんぶ》りで受けるしかない。

『火の精霊よ、我《わ》が防具に宿り、燃え盛る防具となれ――【炎防具《フレイム・アーマー》】』

俺も。サラも。全身に炎を纏う。
彼女が突進してくる。
想像以上に速い。
もう目の前にいる。
ギリギリだ。
回避する時間はない。
唯一《ゆいいつ》の選択肢《せんたくし》は――。
両腕《りょううで》を胸の前でクロスして受け止める。
彼女は宙を飛んで突っ込み――俺と衝突《しょうとつ》する。
もの凄《すご》い衝撃だ。
なんとか受け止められた。

だが、衝撃で一〇メートルほど後退していた。
腕に気を取られすぎていたら、足が持たずに吹き飛ばされていた。

足に気を取られすぎていたら、腕で衝撃を殺しきれず大ダメージを負っていた。
全身で衝撃を受け止められたから、なんとか耐《た》えることが出来たのだ。
俺も、彼女も、すぐに接近。足を止めての打ち合いだ。
――たしかにサラは強いが、俺も負けてはいない。
彼女の一撃《いちげき》は重く、繋《つな》ぎも速いが、力任せに手足を振り回すだけ。
技量ではカヴァレラ師匠の足元にも及《およ》ばない。
パワーとスピードでは向こうに分があるが、その差はテクニックで補える。
これなら、俺でも十分に打ち合える。

互角《ごかく》の打ち合いが続く。
打ち合う度に、攻撃衝動《こうげきしょうどう》が、怒《いか》りが、俺の心の中で膨れ上がる。
モヤセ。コワセ。コロセ。
一打ごとに俺の攻撃は速く、重くなっていく。
火精霊の力を借り、自分の限界を超《こ》えていく。
――ズバンッ。
俺の手刀が彼女の右腕《みぎうで》を肘《ひじ》から切り飛ばす。

初めての有効打だ。

しかし、サラは動じていない。

すぐに、腕が再生し、炎に包まれる。

「なっ⁉」

「火は、もえる。きえないかぎり、いつまでも」

「反則だろ⁉」

「それが、火だよ」

クッ。せっかく戦力を削《けず》れたと思ったのだが……。

だが、めげてはいられない。

俺の持久力と彼女の再生力。どっちが先に音を上げるか、勝負だッ！

今の俺は自分でも信じられないほど強化されている。

何度も彼女の身体を壊《こわ》し、千切り、叩《たた》き潰《つぶ》していく。

しかし、その度に何事もなかったかのように彼女の身体は再生していく――。

「それ、むだー」

腕や足を何度飛ばしても、すぐに生える。
胴体《どうたい》に開けた穴も、すぐに塞《ふさ》がる。
それでは、と頭部を吹き飛ばしたが――。
同じように頭部が再生。
サラは玩具《おもちゃ》に飽《あ》きた子どものように言い放つ。
「それだけー？」
クソッ、こっちの攻撃は一切《いっさい》通じない。
斬ろうが、潰そうが、すぐに復活してしまう。
消耗戦《しょうもうせん》になったらジリ貧《ひん》。
どうしたら良いんだ……。
焦燥感《しょうそうかん》に苛《さいな》まれる中、その瞬間《しゅんかん》は、なんの前触《まえぶ》れもなく、いきなり、訪《おとず》れた――。

――ドクンッ。

心臓がひとつ、大きく打つ。
身体の中から爆発《ばくはつ》したかと錯覚《さっかく》するほどの大きな鼓動《こどう》だ。

視界が真っ赤に染まり、破壊衝動《はかいしょうどう》が俺を塗《ぬ》り尽くす。

焼け。
灼《や》け。
燬《や》け。
燃やせ。
焦《こ》がせ。
焼き尽くせ。

サラへの殺意が湧《わ》いてくる。
殺意は俺を飲み込み、俺自身が殺意の塊《かたまり》となった。
「殺すッ！！！！」
飛びかかる俺の瞳《ひとみ》に映ったのは、サラの悲しい目だった。
けれど、それを気にする余裕《よゆう》はない。
サラを殺すことしか考えられない。
連撃がサラの身体を吹き飛ばしていく。

右手、左足、頭部、腹部、左手、胸部、右手——。
しかし、サラの再生力は衰《おとろ》えない。
俺《おれ》の攻撃がムダだと嘲笑《あざわら》うかのごとく、どれだけ攻撃しても再生は終わらない。
「クソッ、クソッ、クソッ、クソッ」
技もなにもない。
我武者羅《がむしゃら》に両手両足をサラに叩きつけるのみ。
——ドンッ。
サラが突き出した両腕が俺の胸を叩き、俺は数メートル後ろまで地面を転がった。
ダメージはほとんどない。まだ戦える。
サラから反撃《はんげき》されたことで、怒りが一層燃え上がる。
「まだやるの？」
サラの瞳から燃えるように赤い涙が溢れる。
今の俺にはその涙すら憎《にく》く感じられた。
殺意の獣《けもの》に成り果てそうになったとき——。

——ストップだッ！

精霊《せいれい》に呑《の》まれ暴走しそうになった俺。

俺はハッとなる。

火精霊が心配そうに、俺の頬《ほお》をさする。

「お前も心配してくれるのか。ありがとな、でも大丈夫だ」

ようやく、精霊王様の言葉を思い出せた――。


――激しい感情は破滅《はめつ》と紙一重だ。暴走した精霊は術者の魂《たましい》まで喰《く》らい尽くす。

――命を燃やすほどの激情に心を任せ、なおかつ、それを冷徹《れいてつ》な理性で制御《せいぎょ》するのだ。


自分に問いかける。

「なぜ、俺はサラを殺そうと思ったんだ？」

極限の戦いに我を失いかけた。

サラは、最初なんて言った？

その言葉を俺は思い出した。

サラと向き合った。初めてちゃんと向き合えた。

「すまなかったな。ちょっと寄り道して迷っていた。もう、大丈夫だ」

「サラはおこってる。だから、てかげん、しない」

俺は今まで勘違《かんちが》いしていた。

この戦いの意味を──。

だから、必死になってサラの攻撃を躱したり、サラに一撃を入れようと、躍起《やっき》になっていた。

だけど、違うんだ。そうじゃないんだ。

他の精霊の力を借りられない以上、火に打ち勝つ方法はただひとつ。

それを悟った俺の口から自然と詠唱が紡《つむ》ぎ出される。


──火は人と共に有り。

──ヒトは火と出会いて人と為《な》り。

──人の歩みは、火の歩み。

──人の有る処《ところ》、火も亦《また》有り。

──人とは火を起こす者也《なり》。

──では、火とはなんぞ？

――其《そ》は。

――暗きを見通す灯《あか》りであり。

――肌を暖める温《ぬく》もりであり。

――獣《けもの》を追い払《はら》う守りである。

――汚《けが》れた水を清《きよ》め。

――毒を殺し肉を与え。

――鉄を鍛《きた》え、道具と為す。

――火は壊し、そして、新たな命を生み出さん。

「火を用いることと、火を起こすことはまったく別のこと。俺は今まで火を用いていただけだ。しかし、俺は火を起こすことができる。見ろっ、これが俺の起こす火だッ！」

『――【電光石火《イグニッション・ファイア》】』

俺は消えかけていた心の火を燃え上がらせる。

巨大な火の塊が俺を包む。

心の炎は現実の炎となって顕現《けんげん》する。

彼女《かのじょ》が言ったように、ここは火の世界。火であれば自由自在に扱《あつか》うことが出来る世界だ。

そして――　俺は立ち上がり、彼女に言い放つ。

「火は燃やして奪《うば》うばかりではない。火は新たなものを生み出す存在でもある。それを使いこなすのが火の精霊術だッ！」

攻撃手段であり、防御手段であり、そして、活力の素《もと》である。

今まで俺は火精霊たちを使役《しえき》して火を操《あやつ》り、サラを倒《たお》そうとしていた。

しかし、それではサラには勝てない。

いや、そもそも、勝ち負けの話じゃないんだ。


――精霊は火となり、火は精霊となる。


火と火精霊が別物だと考えていたからダメだったんだ。

火と火精霊は表裏一体《ひょうりいったい》。

どちらが主でも、どちらが従でもない。

火精霊を操れる俺は、火もまた操れる。

そして、火は心の中にもある。

心の炎を燃やし、火や火精霊に働きかける。

これこそが、精霊術の真髄《しんずい》だッ！！！

「なあ、サラ。俺もやっと分かったぞ」

「おそいー」

「お前、俺と遊びたかっただけだろ？」

「さいしょから、そう、いってる」

「素直《すなお》じゃねえんだから」

「火はきまぐれ。すがたは、ひとつに、とどまらない」

「そうだな。まあ、俺も疲《つか》れたし、待たせてる人もいる。これで終わりにしよう」

「みせて、こころいきを」

「ああ、多分二回は無理だな。一発勝負だ。行くぞッ！」

俺は渾身《こんしん》の叫《さけ》びを上げるッ――。

『――【以火救火《いかきゅうか》】』

火を以《もっ》て火を救う。

俺はサラの細い身体を抱《だ》きしめる。

俺の炎とサラの炎がひとつに融《と》け合っていく。

炎がひとつになり。

身体がひとつになり。

魂がひとつになっていく。


「そもそも、火にひとつとか、ふたつとか、ないんだよな」

「ひとつがすべて。すべてがひとつ。それが火」

「命を奪うのも火だが、命を与えるのもまた火。教えられるまで気づかなかったな」

「わかれば、いい」

「破壊《はかい》と再生か。時間がかかって済まなかったな」

サラがフルフルと首を横に振る。

「いい。ちゃんと、わかってくれた。だからいい」

「そうか」

「火は、ゼロから、はじまって、もやしつくし、また、ゼロにかえる」

「ああ、刹那的《せつなてき》だが、それもまた正しい」

「サラも、あなたに、かえって、いく」

「ああ、俺がサラの居場所だ」

フフッと笑って、サラは消えて行った――。

「これから、よろしく。あるじどの」

この言葉を残して――。

◇◆◇◆◇◆◇

「おっと」

元の世界に戻ったと思ったら、その瞬間サラに抱きつかれた。

「あるじどのー」

「おう、おう」

頭を突き出してきたので、反射的に撫《な》でたら「えへへっ」と微笑んだ。

「ラーズ、その子は?」とシンシアは不審《ふしん》な目で尋《たず》ねてくる。

「ああ」と俺が答えようとしたが。

「サラだよ。燎燐《りょうりん》のサラ。よろしくー」

シンシアはサラを見る。【精霊視】で。

「この子、精霊？」

「ああ、さっきの火精霊だ」

「どういうことかしら？」

俺は火の試練について説明する。

「――という感じで、なんか懐《なつ》かれた」

「そんなことがあるのね。ラーズと一緒《いっしょ》になってから驚《おどろ》かされっぱなしね。よろしくね、サラちゃん」

「よろしく、ままー」

「ママ？」

シンシアが複雑な顔をする。

「うん、サラのままー」

「シンシアがママか。じゃあ、俺はパパか？」

ふざけて言ってみると。

「ちがうー。あるじどのはあるじどのー」

違《ちが》うらしい。いまいち理解できないが、サラがそう呼びたいならそうさせよう。

「あるじどのー、おなかすいた？」

「お腹？　お前ご飯食べられるのか？」

「ちがうよー」

ブンブンと首を振《ふ》る。

「さっきのちょーだい」

「さっきの？　ああ、これか？」

「それー」

精霊石をみせてやると、サラは興奮した声を上げる。

「ヨダレ垂れてるぞ」

「にひー」

エサを前にした仔犬《こいぬ》のようだ。見えない尻尾《しっぽ》がブンブンと揺《ゆ》れている。

どうしたものかとシンシアに視線を向けると、「しょうがないわね」といった顔だ。

「いいよ。食べな」

手のひらに精霊石を載《の》せると、サラは手も使わずにパクッと咥《くわ》え、ゴックンと飲み干した。

「ぱわーあぁぁっぷ」

両腕を上げて全身で伝えてくる。

間違《まちが》いない。今ので明らかに強化された。感覚的な表現になるが、精霊として濃《こ》さが増したとでも言えばいいのか。

「サラは戦えるのか？」

「うん。ぱっちしー」

「ここら辺のモンスターなら余裕？」

「うん。あっ、みててー」

言うなり、勝手に飛んでいく。

こっちの世界でも浮遊《ふゆう》したまま移動できるようだ。それも、結構なスピードで。

「追いかけよう」

シンシアと一緒に後を追うと、サラはレッドモンキーの前で止まる。毛が赤い猿《さる》型のモンスターだ。

『――【火弾単射】』

サラの手から火弾が飛び、レッドモンキーが火に包まれ、そのまま燃《も》え尽《つ》きた。

大きな炎《ほのお》は小さな火を呑み込《こ》む。同じ火属性であっても、雑魚《ざこ》モンスター程度では、簡単にサラに取り込まれるだけだ。

「らくしょー」

勝ち誇った顔でVサイン。

「おお、強いじゃないか」

「やるわね」

「なあ、サラ。スキルってどれくらい使える？」

「まりょくがなくなるまでー」

そこら辺は人間と一緒なのか。

「だから、へったら、ほきゅー」

ガシッと俺に抱きつく。

「えーと……」

「あるじどのー、まりょく、ちょーだいー」

「魔力《まりょく》？　どうすればいいんだ？」

「あたま、なでてー」

言われた通りにすると、身体から魔力が抜《ぬ》け出る感覚がする。

「ごちそうさまー」

満ち足りた顔をする。

「これでいいのか？」

「うん！　サラと、あるじどのは、つながってるー」

なるほど、俺の魔力がエネルギー源ということか。

「どんどん、いくー」

サラはノリノリで進んでいく。

ダンジョンの構造が分かっているようで、第一八階層へ降りる部屋まで間違えずに進んでいく。

道中のモンスターはすべてサラが燃やし尽くし、俺とシンシアの出番はなかった。

モンスターを倒すのが嬉《うれ》しいのか、サラはスキルを撃《う》ちまくり、魔力が減ると俺に頭を撫でられに来る。

そんな感じで、なんの問題もなく、第一八階層までたどり着いた。

「そういえば、サラのこと全然知らないから、教えてくれるかな？」

「いいよー。なんでも、きいてー」

「サラはダンジョンの外にも行ける?」

「ううん。こっから、でられないー」

「そっか。俺たちがダンジョンの外にいるときはどうしてる?」

「まるくなって、ぼーっとしてるー」

「他のダンジョンには行けるのか?」

「いけるよー」

「オズクロウっていう魔族《まぞく》知ってる?」

「あー、あるじどのが、きのう、たたかったやつー」

「見てたのか?」

「うん。あるじどの、おしかったー」

「そうか? やられっぱなしだったけどな」

「いまの、あるじどのなら、かてるー」

「ほんと?」

「あるじどの、つよくなったー」

昨日の修行《しゅぎょう》と火の試練を乗り越《こ》え、自分でも強くなったと確信している。

技術的な面だけでなく、精神面も鍛え直された。

サラの言う通り、今なら苦戦はするかもしれないが、負けない気持ちがある。

「サラがオズクロウと戦ったら勝てる？」

「らくしょー」

「アサナエルって魔族は知ってる？」

「しってるよー。おずくろうの、ぼすー」

「よく知ってるな」

「たたかって、かった！」

「戦ったことあるのか？」

「うん。せんねんまえー」

「今なら？」

「ちからが、かんぜんに、なったら、かてるー」

「まだ完全じゃないのか」

「いまは、よわよわー。だから、ごはん、もっとー」

となると、精霊石を集めなきゃな。

「このダンジョンにまだ精霊石ってあるのか？」

「あるよー。においで、わかるー」

サラの嗅覚《きゆうかく》があれば、精霊石を見つけやすそうだ。

「オズクロウはまた襲《おそ》ってくるだろう。それにアサナエルも――」

「だいじょぶー。あいつ、火がきらい。だから、こないー」

「なら、とりあえずはひと安心かな」


――そんな感じでサラと話しながら、とくに問題もなく第二〇階層にたどりついた。


「今日はここまでにしておこう」

「えー、もっと、たたかうー」

戦闘《せんとう》はすべてサラに任せたのだが、まだまだ物足りないようだ。

「もう、いい時間だからな。ほら、おやつー」

「わーい、いただきますー」

精霊石をあげたら、サラは一気にご機嫌《きげん》だ。

「しょーがないなー、じゃあ、また、あしたー」

「ああ。またな」

「サラちゃん、バイバイ」

俺とシンシアはサラと別れ、ダンジョンを後にした。

# 間話二　ジェイソン

「もう、『無窮《むきゅう》の翼《つばさ》』はお終《しま》いだ……」

ジェイソンが『無窮の翼』に加入して数日がたった。

この数日で三回ダンジョンにトライしたが、反省はまったく活《い》かされず、三回とも早々に敗走する始末。

空いた時間で作戦を練るわけでもなく、皆《みな》、好き勝手に過ごすばかりだった。

この有り様に、さすがにジェイソンも見切りをつけた。

実はこの数日、ジェイソンは『無窮の翼』としてダンジョンに潜《もぐ》りながらも、密《ひそ》かに移《い》籍《せき》活動を行っていた。

冒険者《ぼうけんしゃ》ギルドのメンバー募集掲示板《ぼしゅうけいじばん》から、条件が合うパーティーに数件応募《おうぼ》してみたのだ。

結果は芳《かんば》しくなかった。

向こうの要望と合わなかったのか、どれも面接以前でお断りという結果だった。

もっと本格的に移籍先《いせきさき》を探さないとな。

強く意を固め、冒険者ギルドへと向かった。

「でも、まずは古巣のみんなに声をかけてみるか」

自分が抜けた後、残ったメンバーで『破断《はだん》の斧《おの》』を続けている——ジェイソンはそう思っている。

彼《かれ》が抜けてから、まだ数日ちょっと。

そして、新規メンバーというのは、募集《ぼしゅう》してすぐに埋《う》まるものではない。

まだ空きがある可能性は高い。

だから、一言謝《あやま》って戻《もど》らせてもらおう——そういう心づもりだった。

——仲間たちには迷惑《めいわく》をかけたが、頭を下げれば許してくれるだろう。

——俺の実力は仲間たちが一番良く知っている。今でも俺のことを必要としてくれるに違いない。

かつての仲間たちとの再会を期待して、冒険者ギルドの扉《とびら》を潜《くぐ》った。

「『破断の斧』ですか？　数日前に解散しましたよ」

「嘘《うそ》だろッ？」

「はい、間違いありません」

「マジか……他のメンバーは？」

「一人だけ届があります。拠点変更届《きょてんへんこうとどけ》ですね。シンシアさんがアインスの街に拠点《きょてん》を移したそうです」

元メンバーの所在を尋ねたところ、ギルド受付嬢《うけつけじょう》から衝撃的《しょうげきてき》な事実を告げられた。

「そっ、そんな……」

ジェイソンは甘《あま》い考えでいた。

戻ろうと思えば、いつでも古巣に戻れると……。

その古巣が、仲間たちと築き上げてきた『破断の斧』が、すでに消滅《しょうめつ》していたのだ。

しかも、受付嬢の話では数日前に。

ジェイソンが抜けてすぐに『破断の斧』は散り散りになったのだ。

足から頽《くずお》れそうになるのを、なんとか堪《こら》え、フラフラとした足取りでカウンターを離《はな》れる。

受付嬢に返事することもなく。

——シンシアは拠点変更した。そして、残りの三人、ナザリーン、ライホ、アレキシ。

みんなは今どうしているんだろうか……。

おぼつかない足取りで酒場へ向かう。

とてもシラフではいられない精神状態だった。

昼間のギルド酒場は空いており、埋まっているのは三分の一ほど。

冒険者の一団の中に知った顔を見出《みいだ》し、目を大きく見開いて立ち止まる。

「ナザリーン……」

冒険者五人組の中に、かつてのパーティーメンバーであるエルフの女性が楽しそうに談《だん》笑《しょう》してるのを発見したのだ。

燃え盛《さか》る炎に飛び込む虫のように、ジェイソンはナザリーンのもとへ吸《す》い寄せられて行った。

ジェイソンが声をかけようとしたところで、ナザリーンが振り向き——思いっきり顔を顰《しか》める。

「ナザリーン……」

「今さら、よく私の前に顔を出せたわね」

「おっ、俺は……」

「チッ、場所を変えるよ」

ナザリーンはビアマグ片手に立ち上がり、ツカツカと歩き出す。ジェイソンも慌《あわ》てて追いかける。

そして、酒場の片隅《かたすみ》、人のいない場所に腰《こし》を下ろした。

「で？　今さら、なんの用？」

「……『破断の斧』は終わっちまったのか？」

「…………」

ナザリーンは怒りを隠《かく》しもせず、厳しい視線をジェイソンに向ける。

その視線にジェイソンはたじろいだ。

「ええ、終わったわよ。アンタが終わらせたんでしょ？」

「そっ、それはそうだが……。他のみんなは今どうしてるんだ？」

「あら、今になって心配してるのかしら？」

「あっ、ああ、そうだ」

「ウソッ。心配してるんじゃないわね。自分が困っているから、昔の仲間に助けを求めようとしている。自ら切り捨てた仲間にね。ほんと、サイテーッ」

「…………」

厳しく責めるナザリーンに、ジェイソンは返す言葉がなかった。

「心配するにしても、遅《おそ》すぎだけどね。自分勝手にパーティーを抜ける前に、残された仲間がどうなるか少しでも考えたの？　どうせ、何も考えてなかったんでしょうね」

「…………」

「でも、良かったじゃない。憧《あこが》れの『無窮の翼』の一員になれて。幸せそうでお祝いしたいわ」

痛烈《つうれつ》な皮肉だ。

ナザリーンは知っている。

今の『無窮の翼』が置かれている窮状《きゅうじょう》を。

「私たちが不幸になったんだから、せめてあなたくらいは幸せになってもらわないとね」

ナザリーンは壮絶《そうぜつ》な笑《え》みを浮《う》かべる。

引け目のあるジェイソンは、その笑みを見て震《ふる》え出す。

「不幸？」

「ええ、みんな不幸になったわ。あなたの裏切りによってね」

「裏切りか…………すまなかった」

「謝る必要はないわ。いくら謝られても許す気はないもの」

「それでも、謝らせてくれッ。俺が悪かったッ」

ジェイソンはテーブルに頭を何度も打ち付け、必死で謝罪する。

しかし、ナザリーンはそれを冷たい目で見るだけ。

　ジェイソンの謝罪がナザリーンに届くことは決してなかった。

「あなたのせいで、みんなバラバラよ」

「………バラバラ？」

「シンシアはすぐに飛び出していったし。アレキシとライホは廃業《はいぎょう》して故郷に帰ったわ」

「嘘だっ！」

　ジェイソンはナザリーンの言葉が信じられなかった。

　アレキシもライホも傑出《けっしゅつ》したところはないが、優秀《ゆうしゅう》な冒険者だった。

　彼らなら他のパーティーに移るのも難しくないはず。

　今もどこかで冒険者を続けている。

　ジェイソンはそう思い込んでいた。

「二人とも心が折れたって。『破断の斧』のみんなが好きだから、ここまでやって来られたのにって。今さら、他のパーティーでやり直す気は起きないよって。抜《ぬ》け殻《がら》になって馬車に乗り込んで行ったわよッ！」

「そんな………」

「仲間がなにを考えているか。どうして冒険者を続けているか。リーダーのくせに、そんなことも分かっていなかったのッ？」

「そっ、そんな、俺が…………」

「ええ、あなたのせいよ。全部ね」

「おっ、俺は…………」

「私は運良く今のパーティーに拾ってもらえたわ。まだお試《ため》し期間だけど、とっても素敵《すてき》な仲間よ。この人たちとなら命を懸《か》けられる。最高のパーティーだわ。でもね――」

喜ばしい報告のはずなのに、ナザリーンの顔は晴れない。

それどころか、今にも涙《なみだ》をこぼしそうなほどに歪《ゆが》んでいる。

「でもッ、それでもッ、信じ切れないのよッ。この人たちもいつか私を捨ててどっかに行っちゃうんじゃないかって、不安で不安でどうしようもないのよッ。取り残されて独《ひと》りぼっちになる夢にうなされて、夜も満足に眠《ねむ》れないのよッ！！」

ついに、ナザリーンの涙腺《るいせん》が決壊《けっかい》する。

激しく流れる涙も気にせず、ナザリーンはジェイソンの襟元《えりもと》を掴《つか》み上げる。

「これがあなたが選んだ結果よ。満足したかしらッ！」

ナザリーンは力いっぱい突《つ》き放《はな》す。

ジェイソンは抵抗《ていこう》せずに、床《ゆか》に倒れこんだ。

「あなたは仲間の人生をメチャクチャにしたのよッ!!」

ナザリーンは満杯《まんぱい》のビアマグをジェイソンにぶちまける。

「本当だったら、みんなの恨《うら》みを晴らすために、殺してやりたいくらいだわ。でも、私には新しい仲間がいる。その人たちに迷惑はかけられない。だから、これで復讐《ふくしゅう》は終わり」

ナザリーンは勢い良く立ち上がる。

見上げるジェイソンと視線を交《か》わすことなく、別れを告げる。

「もうあなたと話すことはなにもないわ。二度と顔を見せないで」

ナザリーンは振り返らずに仲間のもとへ戻った。

自分本位の決断が、仲間たちにどれだけの影響《えいきょう》を与《あた》えたのか、ジェイソンはようやく悟《さと》り、そして、深く後悔《こうかい》した。

しかし、いくら自分を責めたところで、過去は戻ってこない。

脳裏《のうり》に浮かぶ『破断の斧』時代の日々の思い出。

死力を尽くして格上モンスターを倒し、ハイタッチを交わした時。

宝箱からレアアイテムを見つけて、皆で飛び上がって喜んだ時。

酒場で酔《よ》っぱらい、他愛《たあい》もない話に笑った時。

どれもこれもキラキラと輝《かがや》く宝石のように貴重な思い出だ。

しかし、ジェイソンがそれを手にすることは二度とない……。

呆然《ぼうぜん》と立ち上がり、ギルドから出ようと重い足を引きずって歩く。

ジェイソンが失意のままギルド酒場を後にしようとしたところ――。

「なあ、兄貴。ジェイソンの兄貴」

一人の男がジェイソンに近寄り、小声で話しかけてきた。

「スコットか？」

「ええ、そうっす。俺《おれ》たちも二週間ほど前にこの街に来たところっす。ご挨拶《あいさつ》が遅くなって申し訳ないっす」

「いや、それは構わないが……」

「兄貴、ひどい顔っすよ」

「あ……ああ」

「ここじゃあアレっすから、場所を変えましょう。兄貴、ついて来て下さい」

「ああ」

先はどのショックから立ち直れずにいたジェイソンは、言われるがままスコットの後を付いて行く。

「ここっす。汚《きたね》え場所ですが、他に人もいませんから」

「ああ」

二人はうらぶれた飲み屋に入っていく。

カウンター六席の狭《せま》い店だ。

「蒸留酒《スピリッツ》ふたつ」

丸い樽《たる》のような体型に無精髭《ぶしょうひげ》が伸《の》び放題《ほうだい》の店のオヤジにスコットがオーダーする。

昼間なのに薄暗《うすぐら》い店内には、三人だけだ。

他に客はいない。

一番奥《おく》の席に二人は並んで座《すわ》る。

スコットが二人分の料金をカウンターに置くと、すっと無言でグラスが二つ差し出される。

「なにはともあれ、まずは乾杯《かんぱい》っすね」

「ああ」

スコットに合わせ、ジェイソンもグラスを掲《かか》げる。

乾杯を済ませると、ジェイソンは勢い良く呷《あお》った。

一息でグラスは空に。

そのグラスを打ち付け、お代わりを催促《さいそく》する。

「兄貴、ムチャは良くないっすよ」

「うるせー、呑《の》まなきゃやってらんねえんだよ」

スコットは渋々《しぶしぶ》と硬貨《こうか》をカウンターに。

すぐ、お代わりが注がれる。

ジェイソンは二杯目《はいめ》も一気に飲み干そうとしたが、スコットがそれを手で制した。

ジェイソンはムッとした表情を浮かべるが――。

「兄貴、大事な話っす。酔っ払《ぱら》う前に聞いて欲《ほ》しいっす」

真剣《しんけん》な顔で言われて、素直にグラスを下ろした。

「俺は兄貴に恩があるっす。だから、これだけは伝えておこうと思ったっす」

スコットは駆《か》け出しの頃《ころ》、他の冒険者とトラブルになったことがあった。

そのまま行けば、どちらが先に剣《けん》を抜くかという状況《じょうきょう》まで追い込まれていた。

そのとき、仲裁《ちゅうさい》してくれたのがジェイソンだった。

その時以来、スコットはジェイソンのことを兄貴、兄貴と慕《した》うようになったのだ。

いつか恩返しがしたいと思っていたスコットだが、最近ジェイソンの状況を知り、これは話をしなきゃならないと決意したのだ。

「兄貴が今置かれている状況、そうとうヤバいっすよ」

「なにっ？」

「今、この街で兄貴の評判は最悪です」

「最悪……だと？」

「ここまで一緒にやって来た仲間を切り捨てて、あっさりと『無窮の翼』に移った。それだけでも印象悪いのに、その上、兄貴が入ってから『無窮の翼』は弱体化。それも目も当てられないほどの凋落《ちょうらく》ぶりじゃないっすか」

「『無窮の翼』が弱くなったのは、俺のせいじゃねえッ。アイツら評判倒れもいい所だッ。誰一人《だれひとり》ロクに戦えねえッ。『まともなのはラーズだけ』って言葉を信じておけば良かったぜッ。クソッ」

ジェイソンは怒《いか》りに任せてテーブルを殴《なぐ》りつける。

一度では治まらず、再度拳《こぶし》を振り上げ――。

「お客さん」

「チッ……」

ジェイソンは拳《こぶし》を静かに下ろした。

「分かってますって。兄貴の責任じゃないってこと、俺はちゃんと分かってますって」

「スコット……」

スコットはジェイソンの瞳《ひとみ》をじっと覗《のぞ》き見る。

「兄貴には恩がある。だから、あえて厳しい事を言わせてもらうっす」

「…………」

「この街にはもう兄貴と組んでくれるパーティーはないっすよ」

「なん……だと…………」

厳しい現実を突き付けられたジェイソン。

しかし、彼も薄々《うすうす》感づいていた。

ギルドでメンバー募集に応募しても、面接すら受けさせてもらえなかった。

それもすべて。

自分を受け入れてくれる場所はもうないんじゃないかと、うっすらと思っていた。

だけど、それが受け入れられずに目を逸《そ》らしていただけだ。

ナザリーンに恨みをぶつけられ、スコットに諭《さと》されて、ジェイソンは自分を騙《だま》し切れないことにようやく気づいた。

すぐに受け入れることは出来ないが、この現実を受け入れるしかないということを。

「ああ、なんであの時、もっとちゃんと考えなかったんだろうな…………」

ジェイソンの頬《ほお》を一筋の涙が伝う。

「兄貴、お願いがあるっす」

スコットは頭を下げる。

返しきれないジェイソンへの恩を返すために。

「このまま落ちぶれていく兄貴を見たくはないっす。どうか、恥《はじ》を忍《しの》んでツヴィーの街からやり直してもらえやせんか？　ツヴィーなら兄貴を必要とする冒険者が大勢います」

「………………」

「どうか、もう一度カッコいい兄貴を俺に見せて下さいよ」

長い。

長い長い沈黙《ちんもく》。

蒸留酒のツンと鼻を突く刺激《しげき》に、ジェイソンの目が潤《うる》む。

「頭を上げてくれ」

「兄貴が約束してくれるまで上げません」

「分かった。分かったよ。約束するよ。だから、頭上げてくれよ」

「兄貴！」

じっと視線を交わし合う二人。

ふと、ジェイソンの頬が緩《ゆる》んだ。

この数日張り詰めていた緊張《きんちょう》が一気にほどけたような笑顔だった。

「兄貴……」

スコットも笑みを浮かべ、ついには、二人して大声で笑い出した。

二人ともアインスの街で飲み歩いていた若い頃を思い出していた。

ジェイソンはグラスを手に取ると勢い良く飲み干す。

今度はスコットもそれを止めはしない。

その代わりに、自分もグラスを傾《かたむ》けると一気に飲み干した。

決して旨《うま》い酒ではない。

アインスの安酒と変わらない味だ。

だが、今の二人にはそれが逆に嬉しかった。

ジェイソンが深々と頭を下げる。

「ありがとう、スコット。ようやく吹《ふ》っ切れた。俺は仲間を裏切り見捨てた。それは許されないことだし、許してもらえるとも思っていない。この過《あやま》ちは俺が一生、背負っていかなければならないものだ」

「………」

「でも、お前が言うようにやり直してみるぜ。俺には冒険者しかないからな」

「大丈夫《だいじょうぶ》っすよ。兄貴ならすぐに戻ってくるっす。また、肩《かた》を並べて飲み歩きましょうぜ」

「ああ、待ってろ」

再会を期して、二人は拳をぶつける。

そして、ジェイソンは立ち上がり、スコットに背を向けた。

店員がジェイソンの背中に声をかける。

「またのお越しを」

「ああ、また来るぜ。そんときまでに旨い酒用意しておけ」

翌朝、ツヴィーの街へ向かう高速馬車にジェイソンがいた。

ここドライの街からツヴィーの街へ――「都落ち」とも揶揄《やゆ》されるが、ジェイソンの目は死んではいなかった。

# 第三章　再戦

――サラを仲間に入れた翌日。


俺たち三人は第二〇階層を駆《か》け抜け、ボス部屋前にたどりついた。

ボス部屋には一度に五人までしか入ることが出来ない。六人目が入ろうとしても、見えない魔力の壁《かべ》に阻《はば》まれてしまう――これこそが、五人パーティーを組む理由だ。

ボス戦に挑《いど》みたい場合には順番待ちをする必要になる。

ここのボスはとある理由で人気だ。

たいていは他のパーティーがいるし、下手すると五パーティーくらい順番待ちをしている。

今回は幸運なことに一組だけで、しかも、知っている相手だった。

「あっ、ラーズさん、シンシアさん」

「ヴィンデ」

昨日、カヴァレラ道場で出会った女の子。

それと彼女《かのじょ》のパーティーメンバーだろう四人の女の子。

「あっ、紹介《しょうかい》しますね。お二人はラーズさんとシンシアさん。私たちは『五華同盟《ごかどうめい》』というパーティーです」

ヴィンデが他の四人を紹介してくれる。

「あの、二人だけなんですか？」

まあ、当然の疑問だ。

「ああ、そうだよ。二人で最初からやり直してるんだ」

「お二人とも【二つ星】なんですよ」

「えええ、【二つ星】なんですか!?」

これもまあ、当然の反応だ。

「もしかして、ラーズさんって、あの『無窮《むきゅう》の翼《つばさ》』のラーズさんですか？」

「つい先日まではね。今はシンシアと二人で『精霊《せいれい》の宿《やど》り木』だ」

「なんでまたファーストに？」

「ゼロからやり直そうと思ってね」

彼女たちから憧れの視線を向けられる。

昔は俺が憧れる立場だったが、今は憧れられる立場になったのか。

「ヴィンデたちはこれから？」

「いえ、さっきやられちゃって、休憩《きゅうけい》中です。お先にどうぞ」

「ああ、済まないね」

若くて元気そうな五人だけど、今は疲労《ひろう》の色が見て取れる。

別れる前に、俺は彼女たちに伝える。

「みんな焦《あせ》らなくて良いからな。その年でここまで来られたのは十分に優秀だ。君たちなら絶対にファースト・ダンジョンをクリアできる。【二つ星】の俺が保証しよう」

「はいっ！」

うん。若くて、元気だ。


――さて、ボス戦だ。


ボス戦を前にして少し気が緩んだが、もともと緊張するような相手じゃない。

シンシアも切り替《か》えは出来ているようだし、このまま挑んで問題ないだろう。

各ダンジョンの区切りとなる階層で冒険者たちを待ち構えているボスモンスターはそれぞれテーマを持っている。

例えば、ファースト・ダンジョン第一〇階層で登場するフレイム・オーガ。五大ダンジョンで初登場となるボスモンスターであるフレイム・オーガのテーマは――それまで出会ったモンスターたちは隔絶《かくぜつ》する強さ。

ボスモンスターは通常モンスターとはひとつもふたつも格が違《ちが》い、一筋縄ではいかない相手である。一対一では、まともにやり合うことは不可能。

攻撃《こうげき》を受けるディフェンダーとダメージを与えるアタッカー。

それを支える支援魔法《しえんまほう》。

そして、傷ついた仲間を癒《い》やす回復魔法《まほう》。

五人のパーティーメンバーが協力し、連携《れんけい》をとることによって、ようやく勝つことが出来る相手だ。

そして、ここ第二〇階層のボスモンスターのテーマ、それは――。

高い天井《てんじょう》だ。一〇メートル以上ある。その天井は異物で覆《おお》われていた。

蠢《うごめ》く巨大《きょだい》な赤い塊《かたまり》――いや、塊ではない、それは集合体だ。集合体はぶるぶると揺《ゆ》れ動いている。

ひしめき合う無数の小さなモンスターが肩を寄せ合い、身体を揺すり合っているのだ。

数の暴力――それがここのテーマだ。


第二〇階層ボスはフレイム・バット。

翼を広げた体長が三〇センチと小さなコウモリ型のモンスターで、全身が燃《も》え盛る炎《ほのお》に包まれている。

フレイム・バットは、はっきり言って弱い。しかし、そんな弱いモンスターがボスになっているのは、ちゃんとした理由がある。

ここに登場するフレイム・バットの総数は一〇〇体！

天井を覆う巨大な赤い塊はフレイム・バット一〇〇体の塊なのだ。

「じゃあ、さっき言った通りに」

「ええ」

シンシアと組んでから、大勢のモンスターと戦うのは初めてで、コイツらは丁度いい練習台だ。

もちろん、普通《ふつう》に戦えば一瞬《いっしゅん》で終わってしまう。

連携練習のために、いくつかの縛《しば》りを設けた。

そのひとつ目として、事前には打ち合わせをしていない。

フレイム・バットの行動パターンは二人とも熟知している。だからこそ、その場その場でお互《たが》いの動き推測して行動する。意思疎通《そつう》のいい経験だ。

そして、意思疎通の手段は——。


——キィキィキィキィキィ。


フレイム・バットたちによる最初の洗礼は鳴き声だ。

たかが鳴き声と侮《あなど》るなかれ、フレイム・バットの鳴き声には微弱《びじやく》な魔力《まりよく》が乗せられている。

一体二体では大したことがなくても、一〇〇体のフレイム・バットががなりたてる音は、立派な暴力だ。耳は痛み、しゃべることも出来ず、目眩《めまい》がして、平衡《へいこう》感覚は失われ、まともに立っていることもできない。

何の対策もしていなければ、這《ほ》う這うの体《てい》で逃《に》げ帰《かえ》ることしか出来ない。

事前の情報収集と対策をしなければ、そもそも戦いにすらならない。

なによりも大切な教訓を、身を以《もっ》て学ばせてくれるのだ。

もちろん、風精霊に頼《たの》めば、完全に無効化できる。

だが、あえてそうしない。ここは他の冒険者たちにとって一般的《いっぱんてき》な方法をとることにした。

フレイム・バットの騒音《そうおん》対策の定番はスライム耳栓《みみせん》だ。スライムを加工して作られた耳栓で、安価で入手可能なアイテムだ。

ただ、スライム耳栓はフレイム・バットの鳴き声を防ぐという点では問題ないのだが、仲間の声も聞き取りづらいという欠点がある。

これは、「声に頼《たよ》らなくても連携を取れるようになれ」という、ダンジョンからの教えなのかもしれない。

それを利用して、声での意思疎通は行わない。そして、アイコンタクトも最小限に。

理想的には後ろにいても相手の動きを把握《はあく》できるレベルまで。

これでも、まだ楽勝なので、スキル、武器、精霊付与《エンチャント》は全部禁止。カヴァレラ道場で学んだ体術だけで倒《たお》す。
勝つのが目的ではない。強くなるために勝つのが目的だ。
さあ、始めよう――。

鳴き声の洗礼の後、次の攻撃は火球だ。
それぞれの口から一斉《いっせい》に放たれる火球。
普通のパーティーでは後衛職がいるので、彼らを守らなければならない。
だけど、彼女なら俺と同意見なはず――。

シンシアは右に、俺は左に。
火球の命中率はたいしたことない。
固まっていればともかく、俺たちの速さで走り回れば回避《かいひ》は楽勝だ。
見なくても分かる。彼女も完全回避だ。
次の攻撃パターンは――一斉降下。
一〇〇体全部が塊のように降ってくる。

俺は中央に向かって走る。
シンシアも反対側から同じように。
二人の距離《きより》が縮まり。
クルリと反転。
背中合わせに立つ。

ここまで完全なコンビネーション。
背中が触《ふ》れ合うほどピッタリだ。
次々と襲《おそ》ってくるフレイム・バット。
奴《やつ》らの攻撃手段は鉤爪《かぎづめ》と翼《つばさ》の先端《せんたん》にある鋭《するど》い突起《とっき》。
毒があり、蓄積《ちくせき》すると戦闘《せんとう》不能になる。

だが、誰《だれ》よりも頼もしい背中だ。
なんの心配もなく、戦える。
フレイム・バット――数は多いが、その分、一発殴れば数体をまとめて倒せる。
それに加えて、成長した体術。

フレイム・バットは見る見る数を減らしていく。

――残り二割。


今までは無秩序《むちつじょ》に飛びかかってくるだけだったが、ここで次の戦法に移る。

三から五体でひと組となり、連係攻撃を仕掛《しか》けてくる。

ただ、所詮《しょせん》は下等モンスター。

本当の連携の前には、まったく相手にならなかった。

全滅《ぜんめつ》したフレイム・バットがドロップ品を落とす。

「なにか、良いもの出た?」

「いや、イレギュラーなし」

「そっかぁ、残念~」

第一〇階層のときと同じく、レアドロップはなかった。

入手したのは必ず落とす氷翠結晶《ひすいけつしょう》二個だけだ。

「さーて、ステータスは、っと――」

シンシアが冒険者《ぼうけんしゃ》タグに表示されるステータスを確認《かくにん》する。

一般《いっぱん》に、モンスターを倒すと『経験値』というものが得られ、それがある程度貯《た》まると【レベル】、【スキルレベル】が上がると言われている。

ただ、『経験値』というのは目に見えないもので、便宜上《べんぎじょう》そう呼ばれているだけだ。

たしかに、モンスターを倒し続けることによって、【レベル】などが上昇《じょうしょう》するのは事実なので、真偽《しんぎ》はともかく、みな『経験値』という何かの存在を認めているというのが現状だ。

ちなみに、ジョブのランクアップに関してはその条件が明らかになっていない。

【レベル】などと同じで『経験値』を貯めればランクアップ出来るという説。

ダンジョン踏破《とうは》が引き金になるという説。

両者が主流であるが、現実には——。

——ダンジョン制覇《せいは》時にジョブランクが上がる場合が多い。

——しかし、必ずしもランクアップするわけではない。

——また、ダンジョン制覇時以外でもランクアップする場合がある。

というわけで、どちらの説も決定打に欠ける状態。

ジョブランクアップの条件は未《いま》だに解明されていないのだ。

ボスモンスターというのは通常モンスターに比べ大量の経験値を保有している。

昨日の第一〇階層ボス、フレイム・オーガ討伐《とうばつ》時は【レベル】、【スキルレベル】ともに上昇しなかったが、今回はどうだろうか？

俺は自分の冒険者タグを握《にぎ》りしめ、ステータスを開くように念じる――。

□□□□□□□□□□□□□□□□□□□□

【名前】ラーズ
【年齢《ねんれい》】20歳《さい》
【人種】普人種
【性別】男
【レベル】２０５
【ジョブ】精霊統《せいれいとう》
【ジョブランク】３
【スキル】
・索敵《さくてき》　レベル４
・罠《わな》対応　レベル４

・解錠《かいじょう》　レベル4
・体術　レベル2
・短剣術《たんけんじゅつ》　レベル2
・精霊使役《せいれいしえき》　レベル10
・精霊纏《せいれいてん》　レベル1
□□□□□□□□□□□□□□□□□□□□□□□□□

全く成長なしだ……。

レベルはともかく、【精霊統】になって覚えた【精霊纏】のスキルレベルくらいは上がっていないか期待していたけど、残念ながらレベル1のままだった。

――まあ、こんなものか。

道中のモンスターはほぼ無視してきたし、そもそもファースト・ダンジョンで得られる『経験値』なんて高が知れている。

対するシンシアはどうだったのか？

「やった～、レベルアップしたよ～！」

言いながら、俺に冒険者タグを押《お》し付けてくる。

普通は他人に見せるものじゃないんだが…………。

まあ、俺とシンシアの関係なら問題ないだろう。

一蓮托生《いちれんたくしょう》と誓《ちか》ったからには、むしろ、パートナーの力量は出来るだけ把握しておきたい。

俺は彼女の冒険者タグを握り、ステータスを覗き込《こ》む。

本人が望んでいれば、他人でもステータスを見ることが出来るのだ。

□□□□□□□□□□□□□□□□□□□□

【名前】　シンシア
【年齢】　24歳
【人種】　普人種
【性別】　女
【レベル】　231→232
【ジョブ】　回復闘士《かいふくとうし》
【ジョブランク】　2
【スキル】

・索敵　レベル2
・罠対応　レベル1
・体術　レベル7
・棍棒術《こんぼうじゅつ》　レベル8
・回復魔法　レベル11
・支援魔法　レベル10
・精霊視
□□□□□□□□□□□□□□□□□□□□□□

「おお、おめでとう～」

「ありがと～」

レベルがひとつ上がったようだ。

本人も喜んでいる。

ここ最近「レベルが上がらない～」って気にしていたから喜びもひとしおだろう。

満面の笑《え》みのシンシアと拳をぶつけ、喜びを分かち合う。

仲間のステータスアップは自分のことのように嬉《うれ》しい。

俺もシンシアに笑顔を向ける。

二人のステータスを見比べれば分かることだが、シンシアは俺よりも二〇以上もレベルが高い。

これには二つ理由がある。

まず第一に、シンシアの方が冒険者歴が長いから。

そして第二に、『無窮の翼』がレベルアップよりも先に進むことを優先してきたから。

生き急いでいたとも言える。

ちなみに、各ダンジョンのクリアレベル目安はダンジョンの番号×一〇〇だ。

ファースト・ダンジョンならレベル一〇〇、セカンド・ダンジョンなら二〇〇。

『無窮の翼』はみなレベル二〇〇そこそこだった。

このレベル帯でサード・ダンジョン第一五階層に挑んだ結果、攻略《こうりゃく》が行き詰《づ》まった。

『無窮の翼』にとって初めての挫折《ざせつ》だ。

これまで立ち止まることなく、最速でダンジョンを駆け抜《ぬ》けて来た。

初めての経験に、どうしたらいいのか、分からなくなってしまったんだ。

クリストフやバートンはなにも考えず、「次こそは突破《とっぱ》できる」と根拠《こんきょ》のない自信だけで思考停止。

ウルもクウカも意見を述べなかったが、否定もしなかった。

異を唱えたのは俺だけだった。

第一五階層でレベル二〇〇そこそこというのは低すぎる。

俺はもっと浅い階層に戻《もど》り、きっちりとレベルを上げてから再戦すべきだと、何度も訴《うった》えたのだ。

しかし、それはクリストフのプライドが許さなかった。

俺の意見は無視され、俺は疎《うと》んじられ、挙句の果てには追放された――。

俺たちはもっと早い段階で挫折を知っておくべきだったのだ。

ジョブやスキルが強すぎたせいで、挫折を知らずにサード・ダンジョンに挑むことになった。

そのこと自体が間違《まちが》いだったのだ。

俺が過保護すぎたというのもある。

やりようはいくつもあったはずだ。

精霊の付与《エンチャント》なしでモンスターと戦わせたり。

ソロでのボス討伐に挑ませたり。

そういった縛りプレイをしてでも、ピンチを体験させ、勝ち目の薄《うす》い格上相手との戦いを経験させるべきだったし、俺自身も経験すべきだった。

今となっては、もう遅《おそ》いことだが……。

「じゃあ、サクサク進んでいこう」

この先も道中は楽勝だ。精霊石を探しながら駆け抜け、今日中にファースト・ダンジョンをクリアするつもり。

だが、いつオズクロウが仕掛けてくるか分からないから、油断は禁物だ。

◇◆◇◆◇◆◇

心配は杞憂《きゆう》に終わった。

道中オズクロウは一切《いっさい》手出ししてこなかった。

そのおかげで昼過ぎには最終階層——第三〇階層ボス部屋に到着《とうちゃく》した。

第二一階層からは火炎窟《かえんくつ》という名前の通り、溶岩《ようがん》地帯や火山地帯といった火炎をモチーフにした地形が待ち構えている。

通常であれば、フレイム・バットのドロップアイテムである氷翠結晶《ひすいけつしょう》を集め、武器・防具に耐熱《たいねつ》・耐火付与《たいかふよ》して備える。そうでないと、まともに進むことすら困難だ。

しかし、精霊の力を借りられる俺《おれ》たちにとっては、草原のピクニック同然だった。

モンスターも強くなっているが、所詮はファースト・ダンジョンに出て来る敵。まだまだ一蹴《いっしゅう》できるレベルだ。

そういうわけで、大した苦もなく、第三〇階層ボスモンスター部屋にたどり着いた。

ここを守るのはファースト・ダンジョンのラスボス。

コイツを倒せばファースト・ダンジョン踏破となり、晴れて星持ちになれる。

最後の難関として立ちふさがるボスモンスター。

その名は——炎魄《えんぱく》。

直径五メートルほどのゆらゆらと揺れる巨大な火の玉。

触手《しょくしゅ》のように何本もの炎の腕《うで》を伸《の》ばして攻撃してくるだけでなく、速いスピードの火弾《かだん》を打ち出してくる。

コイツもテーマが定められているが、コイツの場合は——属性対策だ。

これまでに登場したふたつのフロアボスであるフレイム・オーガとフレイム・バットは

ともに火属性のモンスターではあったが、必ずしも属性対策をしなければ倒せない相手ではなかった。

しかし、炎魄は属性対策なしでは相手にならない。

そもそも、水・氷属性の攻撃でしかダメージを与《あた》えられないし、水・氷属性を付与した耐火《たいか》防具でないと、炎魄の攻撃は防ぐことが出来ない。

通常装備だと火の玉一発で火だるまだ。

しかし、俺たちには精霊がいる。

今回も問題なく勝てるはずだ。

問題はといえば――。

「むー。サラがやるー」

彼女がへそを曲げていることだ。

「後でサラにも戦わせてあげるから。最初は俺にやらせて」

ボス部屋は入り直すことで再戦が可能だ。

今回は順番待ちしているパーティーはいないから、連戦しても誰も文句は言わない。

だが、彼女はそれだけでは満足しなかった。

「まりょく」

「ん？」

「あるじどのの、まりょく」

「ああ、オッケー」

ニコッと笑って俺に飛びつく。

頭を撫《な》でると蕩《とろ》けた顔をするが、今回は、吸われた魔力が多かった。

クラッとしたので、ポーションを飲んで回復する。

「あれだけ好き放題に撃《う》ってたもんなあ」

フレイム・バットと戦えなかったストレスを発散させるため、道中ではご機嫌《きげん》で火弾を連発していたからな。

「満足したか？」

「うん」

「おとなしくしてるんだよ」

「わかったー」

サラを納得《なっとく》させたところで、炎魄の気配がする。

「来るわね」

「ああ、下がってくれ」

「ええ」

広いボス部屋の中央に、太い炎の柱が燃え上がり、炎魄が姿を現した。

さて、お手並み拝見だ。


『水の精霊よ、凍《い》てつく塊となりて、敵を討《う》て――【氷弾《アイス・バレット》】』


全力で氷弾をぶっ放す。

次から次へと炎魄に襲いかかる氷弾。

その全てが吸《す》い込まれるように命中する。

そして――炎魄はなにも出来ずに消え去った。

「倒しちゃったわね」

「やっぱりオーバーキルだな……」

氷弾を打ちまくっている途中《とちゅう》で、すでに炎魄は倒れていた。最後の数発は必要なかったほどだ。

相手に攻撃の機会すら与えない完勝だ。あらためて、精霊術の強さに戦慄《せんりつ》する。

「昔は苦労した相手だったんだけどな……」

「えっ、そうなの？　『無窮の翼』でも苦労したんだ」

「ああ、炎魄みたいな小細工がきかない相手だと、作戦でどうにか出来ないからな」

炎魄は水・氷属性でしかダメージが入らないし、デバフへの耐性《たいせい》も高い。

真正面から戦うしかないのだ。

「ああ、確かにそうね」

「記録がかかっていたから、みんな焦っていてな。俺たちは駆け足で攻略してきたせいもあって、氷翠結晶も足りてなくてな」

ギリギリの氷属性武具でなんとか最下層まで切り抜けたけれど、炎魄相手ではさすがに無理が来たのだ。

「それで第二〇階層で氷翠結晶集めしたんだけど、運悪くいつも以上に混み合っていたんだ」

「あそこは混むもんね。ヒドい時は一日一回しかトライできないものね」

「ああ。そこまでではなかったけど、結局三日かかったよ」

「へえ、記録更新《こうしん》の裏にはそんなこともあったんだ」

「ああ、大変だったよ。クリストフやバートンが『早く炎魄と戦わせろ』って言うのを宥《なだ》めなきゃいけなくて……」

「それは……大変だったわね」

「ははは」

「あっ、ドロップよ。良い物あるかしら？」

炎魄が消え去った後には小袋《こぶくろ》が落ちていた。

通常ドロップ品は魔石《ませき》だ。

初回撃破《げきは》の場合はそれに各自ひとつ武器・防具が加わる。

小袋というのは聞いたことがないが……。

「あー」

シンシアが拾った小袋にサラが飛びつく。中身は精霊石だった。

「あるじどのー」

サラが物欲《ものほ》しそうな視線を向けてくる。

「あげるからあげるから」

許可を出すと精霊石をパクッと呑《の》み込む。

「ぱわーあっぷー」

「じゃあ、もう一回戦うか？」

「うんー」

ご機嫌なサラと再度ボス部屋に入る。
現れた炎魄に対しサラは——。

『——【烽火連天《ほうかれんてん》】』


部屋中に火の海を作り出し、その海が炎魄を呑み込んだ。

火で火を燃やすというよりは、大きな火で包み込んだというところだ。

同じ火属性ならば、上位種のサラに勝てるわけがない。

「予定通り制覇出来たし、もう帰ろう」

「えー、もっとあそぶー」

ほっぺたを膨《ふく》らませるサラに和《なご》んでいた、そのとき——闇《やみ》の気配が急激に膨張《ぼうちょう》する。

オズクロウが現れた。

◇◆◇◆◇◆◇

オズクロウは無言で佇《たたず》む。ヤツからは戦意が感じられない。余《よ》裕《ゆう》ぶった態度だ。

俺たちを舐《な》めてるのか……。

『――闇召喚《やみしょうかん》』


オズクロウが魔法でスケルトンを呼び出す。

その数は一〇体。皆《みな》、剣《けん》を手にしている。

闇化オークを呼び出した魔法だが、オークより強そうだ。

オズクロウは後ろで様子見。これから戦闘が始まるとは思えない落ち着きっぷりだ。

相変わらず、俺たちを舐めている。

待ちきれず、最初に動いたのはサラだ。


『――【火弾全射】』


壁《かべ》のような火の弾幕《だんまく》がスケルトンに迫《せま》る。

スケルトンを燃やすが、黒モヤですぐに元通りだ。

「むー」

サラは不満そうに口を尖《とが》らす。

今の彼女《かのじょ》では、まだ闇化モンスター相手には分が悪い。

だが、やりようはある。

「サラは牽制《けんせい》だ。合図するまで待ってろ」

「わかったー」

「待て」

飛び出しそうなシンシアはピタリと動きを止める。

名前なしの指示はシンシアに。サラの場合はサラと名前を呼ぶ。

そういう打ち合わせだ。

数は向こうが上回る。ならば、こっちは作戦と連携だ。

『土の精霊《せいれい》よ、集いて壁を成せ――【土壁《アース・ウォール》】』

俺たちとスケルトンを分断するように巨大な土壁を出現させる。

真ん中だけ薄くしておいた。

そこからスケルトンが出てくるように仕向けるためだ。

スケルトンが壁をガンガンと叩《たた》く音がする。
思っていた以上にスケルトンの攻撃力《こうげきりょく》が高い。
土壁もやがて壊《こわ》されるだろう。
計画通り、壁の中央が最初に崩《くず》れた。
穴から二体のスケルトンが出て来た。
「行け」
『――【聖気纏武《せいきてんぶ》】』
『聖の精霊よ、シンシアの武器に宿り、聖なる武器となれ――【聖武器《ホーリー・ウエポン》】』
聖気を纏《まと》ったシンシアが飛び出す。
俺もそれに合わせて精霊術を発動させる。
『土の精霊よ、礫《つぶて》と成りて敵を討て――【飛礫《ペブル・ブラスト》】』
『風の精霊よ、その刃《やいば》で斬《き》り裂《さ》け――【風刃《ウインド・カッター》】』
『水の精霊よ、凍てつく塊《かたまり》となりて、敵を討て――【氷弾《アイス・バレット》】』

石礫を。

風の刃を。

氷の弾丸《だんがん》を。

一斉に撃つ――。

三種類の遠距離《えんきょり》攻撃《こうげき》はシンシアを迂回《うかい》して、二体のスケルトンに次々と命中する。

ダメージはたいしたことがないが、スケルトンの動きを止めるのに成功した。

わずかな時間だが、それだけあればシンシアには十分。

先制攻撃《こうげき》だ。

メイスをぶん回し、一体のスケルトンを砕《くだ》き潰《つぶ》し、そのまま二体目を攻撃するが――浅い。

スケルトンにダメージを与えたが、向こうも反撃《はんげき》に剣を振《ふ》り下ろす。

咄嗟《とっさ》にシンシアはバックステップ。

良い判断だ。

『風の精霊よ、その刃で斬り裂け――【風刃《ウインド・カッター》】』


風刃が命中するタイミングに合わせて、シンシアは前に出る。

今度こそ、スケルトンをやっつけた。

残り八体。ここまでは順調だ。

だが、土壁が壊れ、他のスケルトンが向かってくる。

戦いは第二局面を迎《むか》えた。

「下がれ」

「サラ、火の海だ」

「おっけー」


『――【烽火連天《ほうかれんてん》】』


土壁に代わって、今度は火の海がスケルトンを阻《はば》む。

スケルトンは躊躇《ためら》いを見せたが、構わず進んでくる。

それでも、進む速度は遅くなっている。

計算通りだ。

「サラ、右側撃ちまくれ」

「おっけー」


『──【火弾連射】』


絶え間なく連続で撃ちつけられる火弾にスケルトンは怯《ひる》む。

これで右サイドはさらに進むのがゆっくりになる。

その間に左サイドを倒す。

「七、八」

俺の合図でシンシアが左翼《さよく》に立つ。

数字は右から何体目かを表す。

シンシアは左端《ひだりはし》の二体。俺は真ん中寄りの二体を受け持つ。

「行く」

シンシアと一緒《いっしょ》に飛び出し、火の海の縁《ふち》でスケルトンを待ち構える。

その間に聖精霊を両腕《りょううで》に纏わせる。

ここまでに多くの闇化モンスターを倒したので、聖精霊は前回のオズクロウ戦よりも強くなっている。

そして、強くなったのは俺も同じだ。

カヴァレラ道場で学び直した姿勢を構える。

全身から力を抜き、重心を低く安定させる。

スケルトン四体はほぼ同時に火の海から飛び出してきた。


『――【聖拳《ホーリー・ブロウ》】』


拳をスケルトンに叩きつける。

滑《なめ》らかに、軽《かろ》やかに。

流れに逆らわず、全身を使った力を拳に乗せ、インパクトの瞬間《しゅんかん》に力を入れる。

スケルトンは呆気《あっけ》なく砕け散った。

もう一体が剣で斬りつけてくるが、考える前に身体が動く。

『――【聖拳《ホーリー・ブロウ》】』


カウンターの一撃《いちげき》でスケルトンは粉々になる。

今の攻防《こうぼう》で俺は新しい力を得たと確信した。

もう一段階、高みに近づいたと。

横を見るとシンシアも同じタイミングでスケルトン二体を倒《たお》していた。

視線を交《か》わし、頷《うなず》き合う。

「サラ、よくやった」

「いえいー」

「後は任せろ」

ようやく火の海を渡《わた》り終えた四体だが、俺たちの相手にはならなかった。

火の海が消え、オズクロウと対峙《たいじ》する。

「ほう。この短期間で成長したものだな」

「男子、三日会わざれば、なんとやらだ」

「見事なものだが、まだまだだ」

「そうか？　やってみれば、もっとよく分かるぞ」

「安心しろ。アサナエル様の命令があるから殺しはしない」

「舐めてると痛い目にあうぞ」

「痛い目を見るのはそっちだ。『甚振《いたぶ》って絶望を与えよ』と命じられているからな」

「意外とおしゃべりなんだな」

「ほう。その余裕、これを見ても保てるか」


『――闇召喚』


今度は、どんなモンスターが……。

どんなモンスターが出て来てもすぐに対応出来るように身構える。

が。

現れた者を見て、「なっ……」思わず絶句する。

モンスターではない。

人間だ。

知っている人間だ。

「ヴィンデ」

俺とシンシアの声が重なる。

「ラーズ……さん……シンシア……さん…………たす、け……て…………」

ヴィンデは全身が闇精霊《やみせいれい》に包まれ、黒いモヤに覆《おお》われている。

そして、その目は虚《うつ》ろだ。今のセリフも意識してなのか、無意識なのか、判別がつかない。

いや、動揺《どうよう》してはダメだ。カヴァレラ道場での修行《しゅぎょう》を思い出せ。

一度、深呼吸。息を吐《は》き出すとともに、迷いも吐き出す。

荒《あ》れ狂《くる》う感情を理性で抑《おさ》える――それが精霊術士だ。

冷静になった俺は、サラに尋《たず》ねる。

「サラ、なにか知ってるか？」

「さっきみたいに、たおせば、おっけーだよー」

さもそれが当然とばかり、あっさりと答える。

精霊であるサラにとっては、仲間でもない彼女の命は軽い。

「いや、ヴィンデを助けたい」

「うーん、じゃあ、闇精霊だけをやっつけるー」

「サラなら出来るか？」

「むりー」

「なら、俺がやるしかないな」

「むずかしいよ？　でも、あるじどのなら、できるー」

「分かった。ありがとな」

「あとで、おれいたっぷりー」

「ああ」

サラは俺を信じて疑わない。

だったら俺もサラの主に相応《ふさわ》しくないとな。

「アサナエル様の言った通りだな。その甘《あま》さが命取りだ」

オズクロウは黒槍《くろやり》を構える。

今度はコイツも戦う気だ。

ヴィンデを救えるのは俺だけだ。

「サラは牽制。シンシアは削《けず》り。二人でオズクロウを押さえてくれ」

「ええ」

「おっけー」

ヤツは二人に任せ、俺は彼女と向き合う。

完全に闇化したのか、生気が感じられない。
他の闇化モンスターと同じようだ。
「人間の尊厳を奪《うば》う闇精霊――許さん。ヴィンデ、しばらく我慢《がまん》してくれな」
彼女を救うためには――。
武器は使わない。
闇精霊を倒すだけの手加減をするために。
使うのはこの身体だけだ。
俺は全身に聖気を纏わせる。
闇化ヴィンデが構える。
俺も構える。
ともにカヴァレラ道場で習う基本の構えだ。
【拳士《けんし》】と【精霊術士】の戦いが始まる。
サラたちとオズクロウは意識の外に追いやる。
彼女だけに全神経を集中させる――。
彼女は動かない。

望むところ。
俺は近づく。
蹴《け》りの間合い。
下段蹴り。
彼女は足を上げてガード。
俺の顔に正拳《せいけん》突《づ》き。
首を曲げて突《つ》きを躱《かわ》し。
そのまま上段蹴り。
彼女はしゃがんで避《よ》け。
そのまま足払《あしばら》い。
俺はバックステップ――距離《きより》を取る。

――強い。

カヴァレラ師匠《ししよう》より強い。
今の俺よりも強い。

それでも、気持ちで負けたら終わりだ。
俺は攻《せ》めに出る。
が。
躱され。
受けられ。
間合いを外され。
フェイントで騙《だま》される。
俺の攻撃は全部いなされた。

一度、仕切り直そうと距離を取ったところで――。

その瞬間《しゅんかん》。
一気に距離を詰《つ》められた。
ハイキック。
からの。
両手両足を駆使《くし》した流れるような連撃《れんげき》。

厳しい攻撃だ。

それでも、受けられる。

そう思っていたら——。

彼女はさらに加速する——。

一撃一撃《いちげきいちげき》を受けるので必死だ。

しかも、少しずつ遅《おく》れている。

その遅れが積み重なり。

ついに。

体勢が崩れる。

彼女の拳が俺の顔面へ——。

『風の精霊よ、我を飛ばせ——【風衝《ウインド・プレス》】』

風精霊で自分の身体を飛ばして、なんとか回避《かいひ》に成功する。

——やっぱり、強い。今の俺では勝てない。

――精霊を纏っていない俺では。

『火の精霊よ、我に加護を与えよ――【火加護《ファイア・ブレッシング》】』
『風の精霊よ、我に加護を与えよ――【風加護《ウインド・ブレッシング》】』
『土の精霊よ、我に加護を与えよ――【土加護《アース・ブレッシング》】』
『水の精霊よ、我に加護を与えよ――【水加護《ウォーター・ブレッシング》】』

火精霊は攻撃力を高める。
風精霊は素早《すばや》さを高める。
土精霊は守備力を高める。
水精霊は精神力を高める。
四種すべての精霊によって俺は強化された。
精霊加護を使ってちょうど良いくらいか。
時間をかけてしまった。
すぐに終わらせよう。
彼女を解放しよう。
全力を出した俺にあるのは――。

手数の多さ——風精霊の加護。
一撃の重さ——火精霊の加護。
防御《ぼうぎょ》の堅《かた》さ——土精霊の加護。
そして、折れずに向かっていく心——水精霊の加護。
強化された身体能力をいかし、連撃で畳《たた》み掛《か》けるッ！
師匠から習った型を流れるように続けていく。
多少無理な体勢からでも、今の俺なら繋《つな》げられる。

——廻《まわ》せ、廻せ、軸《じく》を中心にッ、身体を廻せッ！！！

両手両足を駆使して、絶え間ない連撃を叩き込《こ》む。
すべてガードされるが、攻撃する度《たび》に闇精霊が削られていくのが分かる。
彼女も防御の合間に攻撃を織り交ぜてくる。
その攻撃を躱しながら、俺も負けじと撃ち返す。
闇精霊を削るたび、弱体化していく。

――ここだッ！


距離を詰めて打ち合いに持ち込む。

ショートパンチ、肘《ひじ》、膝《ひざ》、頭突《ずつ》き。

これらを織り交ぜて連打ッ、連打ッ、連打ッ！！！

そして――。


『――【螺旋寸勁《らせんすんけい》】』


カヴァレラ流体術の奥義《おうぎ》だ。

両掌を彼女の腹部に当て、そこから放たれた聖精霊の螺旋の流れが彼女の全身に広がっていく。

身体の内側から聖精霊が闇精霊を外に弾《はじ》き飛ばす。

――勁《けい》は筋に由《よ》り、能《よ》く発して四肢《しし》に達す。

彼女が倒れる。

闇精霊は四散し、消滅《しょうめつ》した。

「ふぅ、なんとかなったな」

戦いが終わり、意識が浮上《ふじょう》する。

忘れていた二人とオズクロウの戦いに意識を戻《もど》す。

二人ともよく戦っていた。

互角《ごかく》なようだが――いや、ヤツは本気を出していない。

シンシアとサラに小さな傷を与えている。甚振るように。

俺は戦いに割って入る。

聖精霊を纏った片手でヤツの長槍《ながやり》を受け止める。

闇化ヴィンデとの戦いを経て、聖精霊は一段と強くなった。

「コイツは俺が倒す」

「ラーズ……」

「コイツより強いアサナエルってのが控《ひか》えてるんだ。コイツくらい、一人で倒せないとな」

「分かったわ」

「シンシア、ヴィンデを診《み》てやってくれ」

「ええ」

俺《おれ》はオズクロウに向かって告げる。

「知ってるか？　人間は成長するんだ。聖精霊もな」

「………………」

返事はない。

「本気を出さないと、俺には勝てないぞ。いや、本気を出しても勝てない」

俺は槍を握《にぎ》る手に力を入れる。

槍がパリンと砕ける。

「ほう」

ヤツは慌《あわ》てる様子もない——闇精霊が元の槍へとかたちを変える。

驚《おどろ》きはない。アモンと同様に闇精霊が尽《つ》きるまで戦えばいいだけだ。

「かかってこないのか、だったらこっちから——」

俺が近づこうとしたところで、ヤツも動く。

突き。突き。突き。

俺の接近を許さぬとばかり、連続で突きが繰《く》り出される。

ヤツは槍の戦い方を分かっている。

槍相手なら、懐《ふところ》に入る——それが定石だ。
だが、その必要はないと、俺は悟《さと》る。
聖精霊と一体化した俺は、突き出された槍を掴《つか》み、ヤツをぶん投げる。
——やはり、俺の方がヤツより強くなっている。
闇化ヴィンデとの戦いで俺は聖精霊と馴染《なじ》んだ。
聖精霊と一体化した俺は、途轍《とてつ》もない力を発揮できる。
コイツを一方的に倒せるくらい。
倒れたままのオズクロウを狙《ねら》って——。

『——【聖弾《ホーリー・バレット》】』

聖精霊を弾にして撃《う》つ。
一発。二発。三発。
闇精霊が削れていく。

『——【聖剣《ホーリー・ソード》】』

聖精霊を剣にして右手に持つ。

左手は――。

『――【聖弾《ホーリー・バレット》】』

連射しながら近づき、聖剣で斬りつける。
ヤツの振るう槍をしゃがんで回避。
そのまま足払いで転ばせる。
両手で聖剣を持ち突き刺《さ》す。
続けて――。

『――【螺旋寸勁《らせんすんけい》】』

叩き込まれた聖精霊がヤツの体内で暴れ、すべての闇精霊を消滅させた。
後は、ただの鎧騎士《よろいきし》だ。

『──【聖拳《ホーリー・ブロウ》】』

腹をぶん殴《なぐ》ったら、ヤツはその場に頽《くずお》れた。

「これほどまでとはな。やはり、精霊術士は侮《あなど》れない。だが、仲間に甘いことがアサナエル様に伝わった。それで十分だ」

それだけ言い残して、オズクロウは消滅した。

──俺は強くなった。

アサナエルと戦う自信がついた。

「ヴィンデは？」

「意識はないけど、異常はないわ」

「そのうち、おきるー」

「そうか。なら、よかった」

「完勝だったわね」

「あるじどの、つよいー」

「この後に控えているアサナエルは、コイツより強いんだろうけど……」

「勝てるかしら？」

「あるじどのと、ままなら、かてるー」

「まあ、勝つしかないな」

「きっと勝てるわね」

「ああ。とりあえずダンジョンから出よう」

オズクロウに勝利した俺たちは、ボス部屋奥《おく》にある最後の部屋へ移動する。三メートル四方の狭《せま》い部屋で、炎魄を倒すと出現する。

他に続く通路もなく、正にダンジョンの終端《しゅうたん》。

ラスボス討伐《とうばつ》直後で興奮の最中にいる冒険者《ぼうけんしゃ》たちとは対照的に、ゴール地点であるこの部屋は意外にも素っ気ない造りをしている。

なんの飾《かざ》り気《け》もない石壁《いしかべ》に囲まれた部屋。

その中央にはひと抱《かか》えはある正八面体の無色透明《むしょくとうめい》なクリスタルが浮《う》いている。

部屋にあるのはこのクリスタルだけだ。

「何も変わりないな。懐《なつ》かしいけど、拍子抜《ひょうしぬ》けだ」

「ええ。このまま帰るしかないのかな？」

中央のクリスタルに冒険者タグを当てると、ダンジョン踏破《とうは》の印である星がひとつ刻まれ、ダンジョン外に転移する。

これをもって、ファースト・ダンジョン踏破となる。

普通《ふつう》であれば大喜びする場面だが、オズクロウとの戦いを終えたばかりの俺たちは複雑な気持ちだった。

「さて、どうなるか？」

すでに星持ちの俺が冒険者タグをクリスタルに当てると、赤い光とともに最初の星の色が白から赤に変わった。

「へえ、こうなるのか」

「サラが、いっしょだからー」

「これが本当の意味でのダンジョン制覇《せいは》か」

サラのように、そのダンジョンの精霊を味方にすることが条件なのだろう。

「本当ね」

シンシアの星も赤く変わった。

「疲《つか》れたな」

「疲れたね」

「じゃあ、帰ろう」

オズクロウ戦で疲労困憊《ひろうこんぱい》だ。

早く帰って休みたい。

だが、この後にはさらなる戦いが待ち受けていた――。

◇◆◇◆◇◆◇

闇《やみ》の中、失望を顔に貼《は》り付けたアサナエルが手に載《の》せた水晶《すいしょう》を握りつぶし、水晶は粉々に砕け散った。

「あら、負けちゃった。不甲斐《ふがい》ないわね」

「でも、私の思っていた通り。相変わらず精霊術士は甘いわね。知り合いを人質《ひとじち》に取られただけであのザマ。もし、もっと特別な仲間が相手だったらどうなるかしら」

「おびき寄せるのにちょうど良い手だわ」

アサナエルはサード・ダンジョンのあるドライの街へ転移した。

◇◆◇◆◇◆◇

「ラーズよ」

「精霊王様《せいれいおう》、どうかなさいましたか？」

今まで夢に出てくることはあったが、いきなり呼ばれるのは初めてだ。

「急に呼び立ててすまんの」

「いえ」

「オズクロウ討伐、ご苦労だった」

「いえ、思わぬ苦戦を強いられました」

「あの通り、魔族《まぞく》は人間をオモチャくらいにしか思っておらん」

さっきの戦いを思い出す。

ギリギリだった。

カヴァレラ師匠や火の試練がなければ、動揺して負けていたかもしれない。

「よくぞ、強き心で乗り越《こ》えたな。精霊術の使い手として、お主はまたひとつ成長した」

そこまで言って、精霊王様が纏《まと》う空気が引き締《し》まった。

「本題に入るが、例の魔族が現れそうだ」

「アサナエルですか？」

「ああ。お主がオズクロウを倒したので、ヤツが動き出した」

「俺はどうすればいいのですか？」

「ドライの街――サード・ダンジョン『巨石塔《きょせきとう》』」

「巨石塔……」

つい先日までクリストフらと攻略《こうりゃく》してきたサード・ダンジョン。

「確実なことは言えぬ。だが、闇の気配が強まっておる。現れるとしたら、そこしかありえん」

「サード・ダンジョンに向かえば良いのですね？」

「ああ。その通りだ」

「分かりました。すぐに向かいます」

「気をつけろ。アサナエルは残忍《ざんにん》で狡猾《こうかつ》。決して油断するでないぞ」

# 間話三　勇者パーティー

――ドライの街。ラーズが精霊王から話を聞いた少し後。

サード・ダンジョン『巨石塔』入り口は混乱を極《きわ》めていた。

「大変だ」

「イレギュラーだ」

「第三階層が黒く変異したモンスターで溢《あふ》れているッ」

「急いでギルドへ連絡《れんらく》しろ」

「強い奴《やつ》は取り残された冒険者の救助に当たってくれ」

「よし、俺たちが行ってくる」

巨石塔の内部ではアサナエルによって闇化したモンスターが大量発生していた。

もし、ここがファースト・ダンジョンやセカンド・ダンジョンであったら、甚大《じんだい》な被害《ひがい》を受けていただろう。

しかし、【二つ星】冒険者の危機察知能力は伊達《だて》ではない。

彼《かれ》らは本能で危険を嗅《か》ぎとり、ダンジョンからの脱出《だっしゅつ》を最優先した。

そのおかげで被害は最小限に留《とど》まっていた。

一部の実力者が救助に向かうだけで、他の者は誰《だれ》もダンジョンに入ろうとしなかった。

いや、正確には、あるパーティーを除いてだ。

「汚名《おめい》返上の良い機会だな」

「ああ、見返してやろうぜ」

「そうです。クリストフの強さを知らしめるチャンスです」

「…………」


【勇者】クリストフ。

【剣聖《けんせい》】バートン。

【聖女】クウカ。

【賢者《けんじゃ》】ウル。

ジェイソンが抜《ぬ》けて四人となった『無窮の翼《つばさ》』だけが、ここが活躍《かつやく》の場とばかり、問題解決のために巨石塔に入っていく。

「おい、止《や》めとけ」

「お前らじゃ無理だ」

「死ぬだけだぞ」

もちろん、他の冒険者はクリストフたちのムチャを制止しようとするが――。

「俺様を誰だと思ってるんだ」

「腰抜《こしぬ》けはすっ込んでろ」

クリストフもバートンも気にしない。残りの二人も同様だ。

「勝手にしろ」

もともと『無窮の翼』は良い評判でなかった上、ラーズ追放でその評判は地に落ちた。

それ以上、彼らを止める者はいなかった。

「たいしたことなさそうだな」

「へっ、みんなビビりやがって」

第三階層に転移した『無窮の翼』は、静まり返ったダンジョンを見て余裕《よゆう》を感じる。

ラーズが抜けて以来、失敗続きだったが、これならなんとかなると自信を持った。

警戒《けいかい》して進んでいくが、しばらくはなにも起こらなかった。

だが、気が緩《ゆる》み始めたところで、背後からモンスターが襲《おそ》いかかってきた。

「ちっ、ガーゴイルか」

「確かに全身、真っ黒だ」

醜悪《しゅうあく》な顔をした石像。

背中に生えた翼で空を飛び、クリストフたちに迫《せま》る。

「舐《な》めんなッ！」

バートンが飛び出し、大剣《たいけん》をガーゴイルに叩《たた》きつける。

ラーズが抜けて弱体化したとはいえ、通常のガーゴイルであれば、普通に戦える相手だ。

だが、黒く闇化したガーゴイルの身体には小さな傷をつけただけで、大剣は撥《は》ね返された。その傷も黒いモヤによってすぐに消え去る。

「クソッ！」

バートンは体勢を崩《くず》す。

続いて、クリストフが双剣《そうけん》で——。

『——【鋏斬《シザーズ・エッジ》】』

だが、これも阻《はば》まれる。

『──【氷牢《フローズン・ジェイル》】』


ウルの氷魔法《まほう》が闇化ガーゴイルを包むが──パリン。

その氷は表面で砕《くだ》け、闇化ガーゴイルの動きを一瞬《いっしゅん》、止めただけ。

「クソッ。逃《に》げるぞッ」

クリストフを先頭に四人は闇化ガーゴイルに背中を向けて走り出す。

その後を闇化ガーゴイルがキィキィと鳴き声を上げ追いかける。

一定の距離を保ち、攻撃《こうげき》することもなく追い立てる。

「分かれ道だ。右ッ」

左右の分岐《ぶんき》を前に、クリストフは右の道を選んだが──。

「チッ、左だッ」

右方向から新たな闇化ガーゴイルが現れたので、慌てて左へ方向転換《てんかん》する。

その後も分岐の度に一方から闇化ガーゴイルが現れ、選択《せんたく》を許さない。

闇化ガーゴイルは合流して一〇体以上になった。

それでも攻撃をしかけてはこない。

その不気味さに、クリストフの背中を冷たい汗《あせ》が伝った。

「行き止まりだッ！」

四人はついにある部屋に追い詰められた――敵の思惑《おもわく》通りに。

「ご苦労ね」

部屋で待ち構えていたのは――アサナエル。

氷のように水色の髪《かみ》。

扇情的《せんじょうてき》で露出《ろしゅつ》の多い黒ドレス。

手には長い鞭《むち》を持っている。

闇化ガーゴイルは彼女《かのじょ》によって操《あやつ》られ、彼らをこの部屋へと追い込んだ――すべてが彼女の作戦通りだ。

「なんだ、貴様はッ！　モンスターかッ」

四人とも魔族という存在を知らない。それでも、アサナエルが人間とは別の生き物だと本能的に嗅ぎとった。それほど隔絶《かくぜつ》した存在なのだ。

――未知のモンスター。

このダンジョンは攻略し尽くされ、ここ数十年、新種のモンスターが発見されたことはない。

「ちょうどいい。コイツを倒《たお》して、俺たちをバカにしている奴らを見返してやる」

「ああ、俺たちこそが最強パーティーだって教えてやろうぜ」

「クリストフなら、可能です」

前向きな三人に対し、ウルは怯《おび》えていた。

魔術士《まじゅつし》として直感する。アサナエルは氷の魔法を使う。そして、その魔法は自分の魔法より上だと。

「……逃げよう」

ウルは囁《ささや》いたが、逸《はや》る気持ちの三人の耳には届かない。

せめて、自分だけでも――そう思って後ろを振《ふ》り向く。

だが、部屋の出口は無数の闇化ガーゴイルでびっしりと塞《ふさ》がれていた。

「臭《くさ》い。臭いわね」

アサナエルは四人を見て、不快感を顔に表す。

「なんだとッ！」

バートンが吠《ほ》える。

「忌《い》まわしい精霊術使いの臭《にお》いがプンプンするわ」

「貴様は何者だ」

クリストフが問いかける。

「ただの人間ごときに名乗る必要はないけど、あなたたちは特別。だから、教えてあげる」

獲物《えもの》を目にした猛獣《もうじゅう》の笑《え》みを浮かべる。

それだけで四人は背筋が凍《こお》る思いだ。

「我《わ》が名はアサナエル。私の名前を絶望とともに魂《たましい》に刻みつけなさい」

「舐めるなァッ!!」

クリストフがアサナエルに向かって突進《とっしん》する。

だが、彼の剣《けん》は届かない。

アサナエルが手首を返す。その手に握られていた黒い鞭が彼をグルグルに巻き取る。

それだけではない。鞭の先端《せんたん》は凍りついており、両手、両足を束縛《そくばく》する。

そして、彼女が再度手首を捻《ひね》ると、クリストフは壁《かべ》に叩きつけられた。

その衝撃《しょうげき》は前回戦ったゴーレムの体当たり以上で、それだけでクリストフはその場に頽れる。

この一撃《いちげき》だけでクリストフは戦意を喪失《そうしつ》した。

ガタガタと震《ふる》える原因は寒さだけではなかった。

「次は誰かしら？」

残りの三人を見回す。

いつもは血気《けっき》盛《さか》んなバートンだが、今のやり取りを見て尻込《しりご》みしている。

ウルも自分が仕掛《しか》けても返り討《う》ちになると悟り、動けない。

ただひとり、動いたのはクウカだ。


『――【大回復《ハイ・ヒール》】』


クリストフに向かって回復魔法を発動する。

が。

アサナエルが鞭をひと振り。それだけでクウカの魔法は消滅した。

「うそっ……魔法を打ち消すなんて……」

クウカは呆然《ぼうぜん》とするが、次の瞬間《しゅんかん》には鞭がクウカを搦《から》め捕《と》る。

そして、クリストフと同じように壁に叩きつけられた。

バートンとウルの二人は、黙《だま》ってそれを見ていることしかできなかった。

「他愛《たあい》もないわね。もう少し遊べるかと思ったのだけど。まあ、いいわ」

続いて、バートン、ウルも同じようにされ、四人は地面に寝《ね》かされ、動けなくなった。

戦闘《せんとう》はこれで決着がついた。だが、アサナエルにとってはここからが本番だ。

「私は憎《にく》んでいるの。精霊術の使い手も。その仲間も」

「まっ、待ってくれ。俺たちはもう、ラーズの仲間なんかじゃない」

「ああ、アイツは追放してやった」

「そうです。もう、無関係です」

「……助けて」

「へえ、それで？」

鞭が飛ぶ。彼らの命乞《いのちご》いを無視して。

何度も何度も振るわれる鞭。絶妙《ぜつみょう》に手加減された鞭。

肉は切り裂《さ》かれ、骨が削《けず》られる。それでも、死なない程度に加減されている。

その時間を少しでも長引かせようとするアサナエルの恍惚《こうこつ》とした笑みに四人は絶望するしかなかった。

「弱い。弱いわね。これが精霊術使いの仲間。一〇〇〇年前と変わってないわね」

飽《あ》きたのか、彼女は鞭を止める。

「気晴らしにもならなかったわね」

四人は「ううぅ」とくぐもった息をするだけで精一杯《せいいっぱい》だ。

「まったく弱いゴミね。でも、安心しなさい。強くしてあげるわ」

彼女の手に黒い塊《かたまり》が生じる――闇精霊《やみせいれい》だ。

オズクロウがヴィンデにしたことと同じ。四人は完全に彼女の駒《こま》となった。

「まったく、ろくでもないゴミだったわ。でも、イイ餌《えさ》が手に入ったわ」

アサナエルは歪《いびつ》な笑みを浮かべる。

「さあ、準備してあげたわよ。早く、おいでなさい。絶望に染めてあげるわ」

# 第四章　決戦

精霊王様から指示を受け、俺とシンシアはドライ行きの馬車に飛び乗った。

支部長に話して手配してもらった特別な馬車だ。

「ちゃんと寝ておかないとな」

日が昇《のぼ》るかどうかという早朝に、馬車はドライの街に到着《とうちゃく》した。

その足で向かった冒険者ギルドはいつにない緊張感《きんちょうかん》がヒシヒシと張り詰《つ》めていた。

「今、どうなってます?」

受付嬢《うけつけじょう》に問う。

「ラーズさん。よく来てくれました。昨晩この手紙が届けられました」

手紙をひったくるようにして、目を通す。

——精霊術の使い手よ。貴様の仲間を預かっている。巨石塔第三階層へ来い。

内容を要約するとこの通り。ご丁寧《ていねい》なことに俺を名指ししてある。

「一体、誰が届けたのですか？」

「それが不明でして。いつの間にか、置かれていたのです」

「分かりました。すぐに向かいます」

クリストフたちの安否はともかく、魔族をのさばらせておくわけにはいかない。

「他の冒険者はどうしていますか？」

「ダンジョン内で異変が起こっているようなので、『闇の狂犬《きょうけん》』と『疾風怒濤《しっぷうどとう》』が調査に向かうことになっています」

この街の二大トップパーティーだ。

俺もつき合いがあるし、信頼《しんらい》できる冒険者だ。

彼らは引き際をわきまえている。だが、相手は魔族——万が一の場合も考えられる。

「おう、戻ったぞ」

そのとき、入り口から大声、聞き慣れた声に俺は胸を撫《な》で下ろす。

「おう、ラーズじゃねえか。ずいぶん早えな」

「ムスティーン！」

『闇の狂犬』リーダーのムスティーンだ。

「知らせを受けて、飛んで来たよ」

「こんなすぐに再会できるとは思ってなかったぜ」

「ああ、急な出発だったから、別れを言えずに済まなかったな」

「話は後でな。この件が片付いたら一杯《いっぱい》やるぞ」

「そうだな。そのためにも一刻も早く終わらせよう」

彼の後から、残りのメンバーもやって来る。

「姉ちゃん、部屋を用意してくれ」

ムスティーンがギルド職員に指示を出す。

俺たちは話し合うための部屋へ移動した。

参加者は俺と、ムスティーン、そして、『疾風怒濤』リーダーのマクガニーだ。

「どうやら普通のモンスターじゃないようだ」

「ラーズ、心当たりはあるか？」

「ええ。この騒《さわ》ぎを起こしたのはアサナエルという魔族だ」

「狙いはお前か」

「ああ、間違《まちが》いない――」

俺はサラのこと、魔族との関係、闇精霊について伝える。

二人とも、俺の話を聞いても動揺《どうよう》しない。

さすがは、この街のトップパーティーのリーダーだ。

「闇精霊だと？」

ムスティーンの目つきが鋭《するど》くなる。

彼は闇魔《やみま》法《ほう》と直剣で戦う、ジョブランク３の【暗黒剣士《けんし》】だ。

シンシアの聖気は聖精霊を含《ふく》んでいた。

同じように闇魔法は闇精霊と関係があるのかもしれない。

「なにか、分かるのか？」

「いや……実際に見てみないと分かんねえ」

「そうか……」

彼は確信がないことは口にしない。

この話は保留だ。

「少数精鋭《せいえい》で行く」

最年長のマクガニーが告げる。

「リーダーはラーズ。俺たちはラーズに従う」

「ああ、文句ねえ」

「分かった。すぐに出発だ」

俺とシンシア、二パーティーの計一二人でサード・ダンジョン『巨石塔』に向かう。

「第三階層だな？」

「ああ」

「転移するぞ」

全員で第三階層に転移する。

「あるじどのー。おそいー」

「悪かったな。こっちはそんなすぐに移動できないんだよ」

「むー、にんげんって、ふべんー」

抱《だ》きついてきたサラをなだめる。

緊張していた空気が良い意味で緩んだ。

「ラーズ、そいつは？」

「ああ、みんなにも見えるのか」

「人間じゃないけど、モンスターか？」

「違《ちが》う違う。こいつは火精霊。燎燐《りょうりん》のサラ」

「火精霊だと？」

「聞いたことがないな」

「俺《おれ》に懐いているから、危害を加えることはない」

「確かにな」

「それに強いぞ。俺たちに引けを取らない」

「頼《たよ》りにしてるぜ」

「ほら、サラ、挨拶《あいさつ》」

「サラだよー。おっちゃんたち、よろしくー」

「おっちゃんだと？」

ムスティーンが顔をしかめるが、サラがにぱぁと笑うのを見て諦《あきら》めた。

「挨拶はこれくらいにして進もう。敵は多いぞ」

「分かるのか？」

問いかけに俺は頷《うなず》く。

闇精霊の臭いが濃《こ》い。ファースト・ダンジョンの何倍にも感じられる。

そして、サードに出現するモンスターはファーストと比較《ひかく》にならないくらい強い。

それが闇化しているのだから、計り知れない脅威《きょうい》だ。

ただ、こちらも最強の布陣《ふじん》だ。そう簡単にはやられない。

「最優先は魔族アサナエルの討伐だ。アサナエルとは俺、シンシア、サラの三人で戦う。両パーティーは道中の戦いを引き受けてくれ」

皆《みな》、静かに頷く。

「まずは精霊術でバフをかける」

『火の精霊よ、皆に加護を与《あた》えよ――【火加護《ファイア・ブレッシング》】』
『風の精霊よ、皆に加護を与えよ――【風加護《ウインド・ブレッシング》】』
『土の精霊よ、皆に加護を与えよ――【土加護《アース・ブレッシング》】』
『水の精霊よ、皆に加護を与えよ――【水加護《ウオーター・ブレッシング》】』

「へえ、すげーな」

ムスティーンを筆頭に、皆、精霊術の効果に驚《おどろ》いている。

普通のバフに比べれば、数倍の効果だ。

「行くぞ」

進み出してすぐ、二体の闇化ゴーレムに出迎《でむか》えられた。

「おい、コイツら、第三〇階層並みの強さだぞ」

声に出したムスティーンだけでなく、皆、その強さを肌《はだ》で感じ取っている。

「怖《お》じ気づいたか？」

「いや、やる気が出て来たな」

ムスティーンは奮い立つ。他の皆も怯えた様子はない。

「俺たちが先制。その後は各自で判断」

急ごしらえの合同編成《レイド》だ。

各パーティーの動かし方はパーティーリーダーの二人に任せるべき。

「サラ、撃《う》ちまくれ」


『――【火弾全射】』


高密度の火弾が二体を襲う。

闇化ゴーレムが動きを止めた隙《すき》に――。

「右」


『――【聖気纏武《せいきてんぶ》】』

『聖の精霊よ、シンシアの武器に宿り、聖なる武器となれ――【聖武器《ホーリー・ウェポン》】』

聖気を纏ったシンシアが飛び出すのに合わせて、俺も駆《か》ける。

シンシアがメイスを叩きつける。

『――【聖 撃《ホーリー・ブラスト》】』

俺も拳《こぶし》を――。

『――【聖 拳《ホーリー・ブロウ》】』

この一撃を合図に、他のメンバーが追撃《ついげき》を放――たなかった。

「サラ、よくやったな」

「にひー」

サラは嬉《うれ》しそうに笑う。

「おいおい、一発かよ……」

ムスティーンの呆《あき》れ顔《がお》という珍《めずら》しいものが見られた。

「とまあ、こんな感じだ。次からは皆に任せる」

「おう、任せておけ」

「行くぞ」

そのまま進む――。

「この先にいる」

しばらくすると、また一体現れた。

「ちょっと気になることがある。俺たちにやらせろ」

「ああ」

ムスティーンの合図で『闇の狂犬』が前に出る。

彼が人差し指だけを立てた右手を挙げると、それを合図に四人が駆《か》け出す。

闇化ゴーレムを半包囲し、牽制攻撃《けんせいこうげき》で気を引く。

その隙にムスティーンが左腕《ひだりうで》を前に突《つ》き出す。

『――【吸魔《ドレイン》】』

その腕《うで》から黒い魔力《まりょく》が流れ、闇化ゴーレムに巻き付く。

彼が腕を引くと、闇化ゴーレムから闇精霊が引き剥《は》がされる。

闇精霊はそのまま、ムスティーンに吸《す》い込《こ》まれた。

「なっ⁉」

思わず絶句する。

闇精霊を吸収したのか？

彼はそのまま駆け出し、闇化が解けたゴーレムを一刀両断する。

崩れ落ちるゴーレムを背に、彼が言う。

「つーわけだ。どうやら、俺と相性《あいしょう》が良いみたいだぜ」

「その腕は……」

「ああ、これか？」

左腕はドス黒く変色していた。

「そのうち慣れるだろ」

ほんの少し上がった眉《まゆ》。

それだけで激痛を抑《おさ》え込んでいると分かる。

「分かった。頼りにさせてもらおう」

隠《かく》そうとしている以上、俺から言うことはなにもない。

ムスティーンは俺の言葉に、口元を歪《ゆが》める。

これは俺の推測でしかない。

聖気は闇精霊を反転させる。

それに対して、闇魔法は闇精霊を吸収する。

そう考えると、ひとつ不安がある。

今は彼の闇魔法の方が強かった。

もし、相手の方が強かったら、ムスティーンは……。

「さあ、行こうぜ、リーダー」

「そうだな。敵の様子はだいたい分かった。ここからは急ごう」

「つゆ払《はら》いは任せろ」

俺は頷いて、サラに尋《たず》ねる。

「アサナエルの場所は分かるか？」

「くさいから、わかるー」

「じゃあ、案内してくれ」

「おっけー」

「ムスティーンはサラについて行ってくれ。俺たちは後を追う」

「おう」

「戦闘は最小限でアサナエルを目指す」

「いっくよー」

宙を浮《う》くサラは、フルスピードで迷いなく進んでいく。

それを追うムスティーンは闇化《やみか》ゴーレムが現れるたびに吸魔《ドレイン》で闇化を解除する。

倒すのは後続の二パーティーの役目だ。

「いたー」

サラが見つけたようだ。

俺もすぐに邪悪《じゃあく》な気配を感じる。

「おいおい、何者だよ。ラーズ、本当に勝てるのか?」

「ああ、勝ってみせる」

「お前はそういうヤツだったよな」

その部屋にはアサナエルがひとり。

ただ、部屋がおかしかった。

床《ゆか》も壁も氷で覆《おお》われている。

「あら、遅《おそ》かったわね」

妖艶《ようえん》な笑みを浮かべるアサナエル。

氷の女王といった風体《ふうてい》だ。

「教えてあげる。恐怖《きょうふ》と絶望を」

アサナエルは歪んだ笑《え》みを湛《たた》える。

「あらあら、余計なゴミがいるのね」

追いついてきた残りのメンバーを見てアサナエルが不快そうな声で告げる。


『——闇召喚《やみしょうかん》』


アサナエルが唱えると二〇体以上の闇化アイスゴーレムが出現する。

さっきのゴーレムとは強さが段違《だんちが》いだと肌で理解する。

「ゴーレム。ゴミ退治よ」

アサナエルの命令に応じるように闇化アイスゴーレムが低い唸《うな》り声を上げる。

「ここは私たちに任せて、ラーズは本命を」

「頼《たの》む」

マクガニーにこの場を任せる。

『――【氷結界】』


その瞬間、世界が変わる――。

「ここは……」

初めての場所だ。

だが、似ている。

「サラ」

「こおりの、せかいだよー」

やはり。サラと出会った火の世界と同じような空間なのだろう。

「むうー、さむいー、むかつくー」

冷酷《れいこく》なアサナエルと燃え上がるサラ。

氷と炎《ほのお》――対極の存在だ。

「サラちゃんが言っていたような世界ってことね」

シンシアはそれほど驚いていない。

「なんだ、ここは？」

驚いているのはムスティーンだ。

意外だった。

アサナエルが興味を持つ対象は精霊術士《せいれいじゅつし》とその仲間。

なぜ、ムスティーンが喚《よ》ばれたのか？

「あら、へえ。あなた、そうなの」

アサナエルがムスティーンを指差す。

『――【氷弾】』

その指先から氷弾が飛び出す。

『――【火弾単射】』

サラが火弾で打ち消す。

その程度かと、挑戦的《ちょうせんてき》な目だ。

サラは続けて――。

『――【炎結界】』


アサナエルの側は氷の世界。

こちら側は炎の世界。

ふたつの世界が拮抗《きっこう》し、せめぎ合う。

「あるじどのー、サラが、こおりをぶっこわすー」

「分かった」

この世界の半分はアサナエルの領域。

これを炎で上書きするつもりだ。

「それまで、サラはー、たたかえないー」

「それで十分だ」

「へえ、ずいぶん調子に乗ってるわね。四匹《ひき》まとめて、甚振《いたぶ》ってあげる」

ゾクリと背筋に不快感が流れる声だ。

「じゃあ、まずは、お友だちを連れてきてあげたわ。楽しんでちょうだい」

『──闇召喚《しょうかん》』

アサナエルが召喚したのは……まさか。

「嘘《うそ》でしょ」

シンシアも驚愕《きょうがく》している。

俺も驚いた。

「クリストフ、バートン、クウカ、ウル……」

オズクロウ戦でのヴィンデ同様、闇化された四人が現れた。

「そういう性格か……」

「おい、ラーズ、大丈夫《だいじょうぶ》か」

俺は深呼吸して、感情を支配下に置く。

「問題ない」

そして、瞬時《しゅんじ》に作戦を組み立てる。

アサナエルはサラとの結界争い中だ。

警戒《けいかい》は必要だが、派手な攻撃《こうげき》はしてこないだろう。

となると、コイツら四人をどうするか。

こちらは、俺、シンシア、ムスティーンの三人だ。

「ラーズ、どうするの？」

シンシアに問いかけられる。

どうするとは——殺すかどうか。

生かしたまま倒すのに比べたら、殺してしまう方が圧倒的《あっとうてき》に簡単だ。

「シンシアはウル。ムスティーンはバートン。クリストフとクウカは俺が引き受ける」

「はい」

「おう」

「殺すかどうかは任せる……できれば、生かしてやってくれ」

◇◆◇◆◇◆◇

「ラーズ。貴様のせいでこうなった。貴様だけは絶対に殺す」

「へえ、出来るのか。今まで一度も俺に勝ったことがなかったくせに」

「クッ！　殺すッ！」

ヴィンデのときは完全に意識を失い、闇精霊に操《あやつ》られていた。

それに対し、クリストフたちは意識を保っている。

まったく、アサナエルの性格の悪さがよく分かる。

だが、いずれにしろ、ヤツは俺にとっては過去だ。

「クウカ。支援魔法《しえんまほう》だ」

「はいっ」

彼女《かのじょ》がクリストフを強化するために魔法を放とうとするが――。

「えっ、どうしてっ」

魔法は不発に終わる。

「ここは精霊の世界。普通《ふつう》の付与《ふよ》魔法は使えないみたいだな」

「そんな……」

こうなってしまえば、彼女は戦力外だ。無視して構わない。

「チッ。俺が倒す。クウカは下がってろ」

「はっ、はい」

クリストフが前に出る。

俺もヤツに歩いて近づき、一線を踏《ふ》み越《こ》えた。

炎の世界から——氷の世界へ。
「かかって来いよ」
クリストフは自慢《じまん》の双剣《そうけん》を構える。
俺が選んだ武器は——。

『水の精霊よ、凍《い》てつく剣となれ——【氷剣《アイス・ソード》】』

『水の精霊よ、凍てつく剣となれ——【氷剣《アイス・ソード》】』


俺も二本の氷剣を生み出し、両手に持つ。

ここが氷の世界だというのは本当だ。

いつもより氷剣は硬《かた》く、鋭い。

「これで対等だ。負けても言い訳できないぞ」

「舐《な》めやがってッ！」

闇化しても沸騰《ふっとう》しやすい性格は変わっていない。

戦うならこの方がいい。

闇化でどれだけ強化されたか分からないが、クリストフの戦い方は誰《だれ》よりも俺が一番よく知っている。

頭に血が上ったクリストフが突進《とっしん》してくる。

『――【鋏斬《シザーズ・エッジ》】』

クロスした双剣で両側から挟《はさ》み込み、ハサミで切断するように、頭を斬《き》り落とす――クリストフお気に入りの双剣スキルだ。

その攻撃を俺は読んでいた。隙の大きい技なので、回避《かいひ》してカウンターを打つのも良いが――。

――ガシッ。

四本の剣《けん》がぶつかり合う。

鍔《つば》競《ぜ》り合《あ》いに勝ったのは俺だ。

内側からクリストフの両刀を外に弾《はじ》く。

ヤツは両腕《りょううで》を上げ、隙を晒《さら》す。

驚いた顔だ――相変わらず予想外の事態への対応が遅すぎる。

俺は歩を詰め、連続で突《つ》きを放つ。

油断につけ込んだ初撃、二撃が命中。

ヤツの脇腹《わきばら》を引き裂き、闇精霊が散る。

殺し合いなら、今ので終わりにできた。
だが、コイツを殺さずに終わらせるには、こうやって闇精霊を削っていくしかない。
三撃目にようやくクリストフは対応できた。
とはいっても、俺の突きに軽く合わせる程度。
氷剣は浅い傷を付けていく。
やけになったクリストフがふたつの剣を水平に大きく払う。
——ぶぅん。
俺はバックステップでそれを回避する。
今の風切り音に違和感《いわかん》を覚えた。
そういうことか……。
勝つだけなら簡単だ。
だが、俺が望むのはクリストフの心を折る勝利だ。
二度と俺にかかわりたくないという絶望感を植えつける。
そのための方法を、俺は思いついた。

◇◆◇◆◇◆◇

　サラとアサナエルが向かい合う。

「小娘《こむすめ》が、余計なことしてくれるわね」

「火をこわがって、こっちにこなかったくせにー」

　ファースト・ダンジョンではなく、ここを戦いの場に選んだことをサラが挑発《ちょうはつ》する。

「のこのこと、おびき寄せられたくせに」

「べつに、どこでも、かてるから、へいきー」

　客観的に見ると、この空間ではアサナエルの方がサラより上だ。

　あといくつか精霊石を吸収したサラであれば話は違うが、現時点ではアサナエルに分がある。

　本人もそれは理解し、その上で負けないと確信する。最後はラーズが勝つと信じているから。

　時間稼《かせ》ぎをして、少しでも氷の世界を火の世界で押《お》しやる――それが自分の仕事だと割り切っていた。

「せいれいじゃなくてー、せいれいのちからを、かりてるだけのヤツにまけないー」

「まだ力を取り戻《もど》していない小娘に私が負けるとでも」

「かかってきなよ、おばちゃん」

火の精霊は怒《いか》りと相性が良い。

サラの煽《あお》りはアサナエルに効果的だった。


『――【闇氷壁】』

アサナエルに対抗《たいこう》して、サラも――。

『――【炎壁】』


炎と氷――単純な力競《くら》べだ。

サラは純然たる火精霊の力。

アサナエルは闇精霊の力を借りた氷の力。

見えないふたつの壁《かべ》がぶつかり、押し合う。

お互《たが》い、自分の領域を広めようと。

地味な戦いであるが、この戦いがこの後に控える本戦に大きな影響《えいきょう》を与える。

両者とも一歩も引かない衝突《しょうとつ》が始まった。

◇◆◇◆◇◆◇

「おう、デカブツ。相手してやるよ」

ムスティーンの相手はバートンだ。

「この前は調子に乗りやがって。ぶっ殺してやる」

バートンが力を入れると、全身の筋肉が盛り上がる。

全身を包む闇精霊のおかげで、以前とは比べものにならないほどだ。

「なんだ？　人間やめたのか？　死にたいのか？」

「死ぬのはオマエだッッ！」

バートンが大剣《たいけん》を斬り下ろす。

ムスティーンはそれをなんなく躱《かわ》す。

「力は増えたようだが、そんなんじゃ当たらねえぞ」

前動作だけで、ムスティーンはバートンの剣筋が読める。

「舐めんなッ」

二度、三度と剣を振《ふ》り回す。

「弱《よえ》えなあ。その程度か」

内心でムスティーンは呟《つぶや》く――殺すだけなら簡単なんだが、リーダーの命令だからな。

一度、リーダーと定めた以上、その命令は絶対。それが冒険者《ぼうけんしゃ》の掟《おきて》だ。

「そろそろ、相手をするのも飽《あ》きたな」

バートンの体力切れを待つのが一番無難な作戦だが、闇化状態がいつ終わるか分からない。

不確定な要素に頼るくらいなら別の方法を。

「お前の闇と俺の闇、どっちが強《つえ》えか勝負だ」

先ほどの闇化ゴーレム戦で彼《かれ》は闇精霊との戦いの本質を理解していた。

お互いの闇をぶつけ合い、弱い方は強い方に吸収される。

バートンに纏《まと》わりつく闇精霊をすべて吸い尽《つ》くせばムスティーンの勝ち。

そうでなければ、自分が闇に呑《の》まれる。

「削《けず》っていくしかないな」

現状、闇の力は相手の方が強い。

真っ正面からぶつかったら、闇に呑まれるだけ。

そう考えた彼は接近戦に持ち込む。

『――闇付与《やみふよ》』

己《おのれ》の身体と直剣に闇を纏わせ、バートンに駆け寄る。
大ぶりなバートンの剣を躱し、懐《ふところ》に入り込む。
まずは様子見だ。
バートンの胸を薄《うす》く斬りつける。
血は流れない。
傷口は闇精霊によって埋《う》められて元通りだ。
「――ッ」
声を出さないものの、ムスティーンは吸収した闇精霊に苦痛を覚える。
「たったこれだけで、この痛みか」
斬りつけた右腕《みぎうで》が少し黒く変色する。
それからも戦闘《せんとう》は一方的だ。
バートンの大剣は空を切るだけ。

「ちょこまかと、動きやがって」

その度にムスティーンが斬りつける。

闇精霊は弱まるが、ムスティーンが受ける苦痛はそれ以上だ。

「うおおおおぉ」

剣の勝負では勝てないと悟《さと》ったバートンはムスティーンに体当たりする。

ムスティーンは一歩下がって回避。

そのついでに足払《あしばら》いでバートンを転ばせる。

「ぐっ」

痛みに声を上げたのはムスティーンだった。

「おいおい、足と足がぶつかったらこうなるのかよ」

足払いした左足が黒く染まる。

その痛みに思わず声が上がってしまうほどだ。

「さて、どうするか」

確実に敵の闇精霊は弱くなっている。

右腕もそろそろ限界だ。

「肉を切らせて、骨を断《た》つ――それしかなさそうだな」

立ち上がろうと、もがくバートンの後ろから、直剣を振り下ろす。

「ぎゃあああああ」

ムスティーンほど痛みへの耐性《たいせい》がないバートンは絶叫《ぜっきょう》する。

直剣はバートンの右腕の関節を砕《くだ》き、半分ほどの場所で止まった。

いや、ムスティーンが止めたのだ。

「根性《こんじょう》比べだッ」

あえて止めた剣先《けんさき》から闇精霊が侵食《しんしょく》してくる。

ムスティーンは歯を食いしばり、限界まで耐《た》える。

これ以上は限界だというところで――。

「はあッ！」

ムスティーンはバートンの腕を斬り落とす。

「なんとかできたが、こっちも大概《たいがい》だな」

右腕は完全に黒く染まり、満足に動かすことも出来ない。

「まあ、それなりに奪《うば》えたな」

右手の剣を左手に持ち替《か》える。

そして、躊躇《ためら》いなく自分の右腕を斬り落とした。闇精霊の侵食を防ぐために。

「どうした。俺《おれ》はこっちでも戦えるぜ」

ムスティーンは右利《みぎき》きだ。

しかし、サード・ダンジョンに挑《いど》む彼にとって戦闘中に腕を失うことなど日常茶飯事《にちじょうさはんじ》。

左手でも十分に戦える。

一方のバートンは――。

「あああああああっ」

痛みにのたうち回る。

「もう少し闇化してたら楽だったんだろうがな。中途半端《ちゅうとはんぱ》に闇化で意識が残っているから大変だな」

闇精霊はバートンの腕に集まり、千切れた腕をなんとかしようとするが、それを治すほどの力はなかったようで、徐々《じょじょ》に数が減り、弱まっていく。

ムスティーンはまだまだ戦う気でいたが、バートンは完全に戦意喪失《そうしつ》してしまった。

「これだから、ヘタレは」

ムスティーンはバートンの傷口に直剣をあてる。

闇精霊がその剣にまとわりつき、ムスティーンに侵食しようとするが――。

『――【闇吸収】』


ムスティーンは自分から闇精霊を吸収していく。

闇精霊は剣を上っていくが、ムスティーンは闇精霊を剣の中に吸収していく――。

拮抗する争いだったが、やがて闇精霊はすべて剣に吸収された。

「ふう、これで終わりか。それにしても、すげえのが出来上がったな」

黒く変色した自分の剣を眺《なが》める。

今までよりも数倍の力を得たと直感できる。

戦闘内容で言えばムスティーンの圧勝だったが、その代償《だいしょう》は大きかった。

「これ、くっつくのか？」

黒くなった右腕を掴《つか》み「まあ、しょうがねえか」とぼやく。

普通の回復魔法ではとても元通りにはならなそうだった。

「俺はここでリタイアだ。後は任せたぞ」

ムスティーンはすみに移動して座《すわ》る。

そして、そのまま意識を手放した――。

◇◆◇◆◇◆◇

『――【氷　牢《フローズン・ジェイル》】』

二人の戦いはウルの魔法から始まった。
ここは氷と火の世界。
ふたつの力がせめぎ合っている。
シンシアが立つのは火の世界
ウルが立つのは氷の世界。
氷魔法は強化され、さらに魔力《まりょく》は闇の力を帯びている。
いつもの何倍もの威力《いりょく》だ。

『――【聖気纏武《せいきてんぶ》】』

迫《せま》ってくる氷魔法にシンシアは聖気を纏い――。

『――【聖撃《ホーリー・ブラスト》】』


メイスで魔法をぶっ叩《たた》く。

氷牢は形を成す前に、砕け散った。

「これだと過剰《かじょう》みたいね」

シンシアはメイスをマジックバッグに仕舞《しま》う。

それから拳《こぶし》を打ち合わせ、かかってこいと挑発する。


『――【氷牢《フローズン・ジェイル》】』

『――【聖拳《ホーリー・ブロウ》】』


今度は飛んできた魔法を拳でぶん殴《なぐ》る。

それだけで十分だった。

シンシアは悟る。

聖気は闇精霊を打ち消せる。

ウルが魔法を使うたびに闇精霊は少なくなる。

こちらは飛んできた闇精霊を叩き落とすだけで良い。

「ムスティーンさんは大変そうだけど、こっちはぶん殴ればいいだけだから、簡単よね」

簡単な戦いだ。

「でも、やりすぎないように注意しないとね。本気で殴ったら死んじゃいそうだし……」

相手は魔法職で、物理耐性は弱い。

本体に傷をつけずに倒《たお》すのはひと手間だ。

「どうする？　このまま撃《う》ち合っても時間の問題だと思うけど？」

シンシアはサラとアサナエルの戦いを見る。

サラが押しているようで、火の世界は氷の世界を少しずつ呑み込んでいく。


『──【氷針《アイス・ニードル》】』

『──【氷針《アイス・ニードル》】』

『──【氷針《アイス・ニードル》】』


シンシアは腰《こし》を落とす。

先日のカヴァレラ道場を思い出す。

大きく息を吐《は》き。

ハッ。ハッ。ハッ。

突き、蹴《け》り、払い――。

みっつの氷針をいとも容易《たやす》く叩き落とす。

「手数で勝負？　ただの時間稼ぎにしかならないけど？」

「…………」

ウルは呟きながら、同じ魔法を放つ。

絶え間なく。

『――【氷針《アイス・ニードル》】』

『――【氷針《アイス・ニードル》】』

『――【氷針《アイス・ニードル》】』

『――【氷針《アイス・ニードル》】』

『――【氷針《アイス・ニードル》】』

『――【氷針《アイス・ニードル》】』

飛び出そうとしたシンシアに無数の氷針が襲《おそ》いかかる。

シンシアは無傷で落としたが、前進は阻《はば》まれた。

ウルはさらに呟く。


『――【氷針《アイス・ニードル》】』


氷針はさらに連続して放たれる。

シンシアの前進を阻もうとして。

「本当に時間稼ぎ？」

ウルの行動に疑問を覚える。

こうしている間にも、ウルを覆う闇精霊は減少し。

サラがアサナエルを押すことで火の世界は領域を広げていく。

「はっ！」

シンシアはウルの意図を察し動こうとする。

だが、ウルの方が一手早かった。

ウルは一歩前進する。

氷の世界から火の世界へ。

氷針を撃ちながらも、同時に行っていた詠唱《えいしょう》。

全五〇節に及《およ》ぶ長い詠唱が完成した。

そして、杖《つえ》を前に突《つ》き出す――。

『――【蒼炎龍舞波《ドラゴニック・ファイア・ダンス》】』

杖の先端《せんたん》から二頭の蒼黒《あおぐろ》い炎の龍《りゅう》が飛び出し、シンシアに襲いかかる。普段《ふだん》は蒼白《あおじろ》い龍だが、闇精霊によって蒼黒い姿だ。

ウルは火風水土の四属性魔法をすべて使える。今まで氷魔法しか使わなかったのは、シンシアの意識を氷魔法に釘《くぎ》づけにするため。氷と火が反転するこの瞬間《しゅんかん》を狙《ねら》っていたのだ。

彼女は氷針なら無詠唱で放てる。

今まで呟いていたのは【蒼炎龍舞波《ドラゴニック・ファイア・ダンス》】の詠唱だ。

「騙《だま》されたわね」

シンシアは自分の甘《あま》さを悔《く》いる。

【蒼炎龍舞波《ドラゴニック・ファイア・ダンス》】はウルが放てる最大威力の魔法だ。

まともに食《く》らったら、シンシアでも無事ではいられない。

シンシアは瞬時に最適解を導き出す。自分よりも判断の速い彼を信じて。

「ラーズ！」

ラーズはシンシアを見る。

そして、氷に包まれた手をこちらに向け。

「こっちへ来い」

二頭の蒼炎龍はシンシアからラーズへと標的を変える。

まるで、ラーズにおびき寄せられるように。

「よしよし、いい子だ」

次の瞬間には、ラーズはクリストフとの戦いに戻っていた。

「はあぁぁ」

シンシアは大きく息を吐く。

ウルを見ると、彼女が纏っていた闇精霊は消失していた。

そして、ウルは——。

「魔力《まりょく》切れね」

気を失ってその場に倒れていた。

「なんとか、勝てたけど。また、ラーズに助けられちゃった……」

気持ちを落ち着かせ、周囲に目を配る。

「ムスティーンさんは……!!」

彼も勝利したようだが、予想以上にダメージを受けているようだ。

右腕にいたっては肘《ひじ》から先が切断されている。

肘の切断面と右腕を黒いモヤ――闇精霊が覆《おお》っている。

通常の回復魔法では効かなそうだが。


『――【聖癒《ホーリー・ヒール》】』


聖気を使った回復魔法は闇精霊を打ち消していく。

聖気と闇精霊の戦いは長く続き、シンシアの額に玉の汗《あせ》が浮《う》かぶ。

だが、最終的には、聖気が勝った。

綺麗《きれい》になった腕《うで》を近づける。

聖気に引かれるようにして、ムスティーンの腕は元通りにくっついた。

「あとはラーズさんです」

◇◆◇◆◇◆◇

クリストフの放った水平斬りの風切り音。

その音から、俺はヤツに完勝する方法を思いついた。

「どうした？　全然追いつけてないぞ？」

ここまで俺が完全にリードしている。

そのことにヤツは怒り心頭だ。

周りが見えなくなっている。

俺の思うつぼだ。

「手加減してやるよ。俺はここから動かない。好きに攻《せ》めてこい」

「ジョブランク２のラーズのくせにッ！」

近距離《きんきょり》での斬り合い。

攻めは譲《ゆず》る。俺は氷剣で受けるのみ。

俺が防御《ぼうぎょ》一方になったことで、ヤツが調子に乗る。

「ははっ、どうだ。手も足も出ないだろ」

剣と氷剣がぶつかる「キィン」という音。

「ラーズ！」

シンシアの声がする。

彼女の方を見ると、まさに今、蒼炎龍が彼女に襲いかかるところだった。

俺はクリストフを蹴っ飛ばし、腕を蒼炎龍に向ける。

「こっちへ来い」

腕に纏う聖精霊《せいれい》と水精霊に魔力を込《こ》め、蒼炎龍をおびき寄せる。

「よしよし、いい子だ」

炎《ほのお》と闇精霊は氷と聖精霊によって消滅《しょうめつ》した。

ウルが使ったのは魔力を大量消費する大技《おおわざ》だ。

魔力枯渇《まりょくこかつ》するはずなので、シンシアの方は問題ない。

ムスティーンの方も――ケリがついたようだ。

「よそ見している暇《ひま》があるのか？」

クリストフが再度斬《き》りかかってくる。

受けるのは容易い。俺はそれ以上を狙っている。

打ち合うたびに、音が変わっていく。

ヤツはそれに気がつかない。

俺の意図にも気がつかない。

やがて――。


――パリィン。


「なっ⁉」

双剣が両方とも、真ん中から折れた。

「だから、あれほど、『武器の手入れは怠《おこた》るな』と言ったんだぞ」

風切り音で俺は気がついていた。

ヤツの剣には小さな欠けがあった。

ストーンゴーレムかなんかの硬いモンスターを相手に無茶《むちゃ》な戦いをして、手入れせずに放置していたってところだろう。

後は、その欠けた場所を狙って、攻撃を受け続けた。

その結果がこれだ。

「どうした？　自慢の双剣だったんじゃないか？」

「クソッ！　なんでだッ！　ラーズのくせにッ！」

「俺を見下したいんだろうが、お前じゃあ俺に勝てない」

「なんでだ……なんでだ」

戦意を失ったヤツは四《よ》つん這《ば》いになって、うつむきボソボソと呟く。

「これがお前の実力だ。気づくのが遅《おそ》すぎたな」

「うおおおおおお」

怒りに立ち上がったクリストフが俺に殴りかかる。

ヤツが気づいていないもうひとつのことがある。

それは――。

「喰《く》らええええっ」

殴りかかってきたヤツを躱し、腹にカウンターの拳を叩き込む。

さっきの打ち合いで、俺がすべての闇精霊を消滅させたことだ。

だから、今のクリストフは素のクリストフ。

腹を押さえてその場に倒れる。口元からはヨダレを垂らし、顔は青ざめている。

これで俺には勝てないと悟っただろう。

そして、最後にダメ押しだ。

「勘違《かんちが》いするなよ。俺はジョブランク3の【精霊統《せいれいとう》】だ」

俺の言葉がクリストフに届いたかどうか分からない。

気づけばヤツは失神していた。

◇◆◇◆◇◆◇

「サラ、よく頑張《がんば》ったな」

「あるじどのー、ほきゅうー」

「よしよし」

頭を撫《な》でてサラに魔力を与《あた》える。

「さっきは助かったわ」

「いい判断だった」

阿吽《あうん》の呼吸でシンシアのピンチを救えた。

練習の甲斐《かい》あって、絶妙《ぜつみょう》なコンビネーションだった。

「ムスティーンはダメか」

「怪我《けが》は治したけど、参戦は無理そうね」

ている。

「ああ、お前もいたな。四対一だ」

まだサラのように会話できるほどではないが、聖精霊は意思疎通《そつう》ができるほどに成長し

俺の言葉を否定するように聖精霊がふるふると震《ふる》える。

「じゃあ、三対一だな」

「後はお前だけだ」

アサナエルに告げる。

「忌《い》まわしい精霊術士ね」

アサナエルが俺に向けて黒い鞭《むち》を振るう。

バックステップで回避する。

が。

地面を打った鞭の先端から氷の礫《つぶて》が飛び散る。

慌《あわ》ててガードしても、いくつかの礫で軽いダメージを受けた。

それはシンシアも同じだ。

空中に浮いていたサラだけがノーダメージ。

よく見ると黒い鞭は先端にいくにつれて、水色になっている。

鞭を避《よ》けても氷による攻撃《こうげき》があるのか。しかも氷には闇精霊が含《ふく》まれている。

聖精霊がいなかったら、これだけでもそれなりのダメージだったはず。

「あら、その程度」

アサナエルにとっては今の攻撃は様子見程度のようだ。

「どこまで耐えられるかしら」

ヤツは続けざまに鞭を振るう。

速いッ。

鞭を躱せても、氷の礫が飛んでくるので、防御に専念するしかない。

「サラ、撃て」

こっちも遠距離《えんきより》攻撃《こうげき》での対応を試みる。

「させないわよ」

鞭がサラを打つ。

「あうっ」

火弾《かだん》を放とうとしたところを狙われ、火弾は不発に終わる。

「あるじどのー」

「大丈夫《だいじょうぶ》か？」

「いたいー」

サラの顔には痛みと疲労《ひろう》が同居している。

平気なように振《ふ》る舞《ま》っていたが、やはり、さっきの一対一は苦しかったようだ。

「頑張ったな」

「俺とシンシアで隙《すき》を作るから、それまで下がってな。俺が呼んだら、【烽火連天《ほうかれんてん》】だ」

「わかったー」

「相談は終わったかしら？」

「ずいぶんと余裕《よゆう》だな」

「ええ、獲物《えもの》を狩《か》るだけ。楽しませてね」

アサナエルが余裕ぶっている間に、こちらは準備を整える。

聖精霊だけでなく――。

『火の精霊よ、我の防具に宿り、燃《も》え盛《さか》る防具となれ――【炎防具《フレイム・アーマー》】』

『火の精霊よ、シンシアの防具に宿り、燃え盛る防具となれ――【炎防具《フレイム・アーマー》】』

『火の精霊よ、燃え盛る剣《けん》となれ――【炎剣《フレイム・ソード》】』

『火の精霊よ、シンシアの武器に宿り、燃え盛る武器となれ――【炎武器《フレイム・ウェポン》】』

炎の武器と防具――。
これで氷対策は出来た。
後はどちらが上回るかだ。
「それでいいの？」
この距離《きょり》は鞭の間合い。
まずは近づく。
「行くぞ」
動き始めた俺とシンシアに向けて、アサナエルは鞭を水平に払《はら》う。
鞭が俺を襲う。
速いッ！
掴むか。受けるか。避けるか。
回避《かいひ》だ。身体をよじって鞭の先端を躱す。
シンシアを信じた。
彼女《かのじょ》は俺の考えを読んでいた。
俺がシンシアに任せて回避すると。

迫る鞭に向かってメイスを突き出し。
クルクルクルと鞭を搦《から》め捕《と》る。
シンシアは腰を落として腕を引く。
アサナエルも鞭を引っ張る。
力競べだ――いや、違《ちが》う。
アサナエルは片手で鞭を握《にぎ》っている。
ということは――。
俺はシンシアの前に駆《か》け出す。

『――【氷針《アイス・ニードル》】』
『――【氷針《アイス・ニードル》】』
『――【氷針《アイス・ニードル》】』

無数の氷針が反対の手から撃ち出される。
ウルの得意魔法《まほう》のひとつだが、速さも大きさも段違《だんちが》いだ。

『火の精霊よ、集いて壁《かべ》を成せ――【火壁《ファイア・ウォール》】』

火壁で防ぐが、それほどの効果はない。
飛んでくる氷針を炎剣で叩き斬《き》る。
クソッ。全部は防げない。
ひとつは俺の肩《かた》を抉《えぐ》り。
もうひとつはシンシアに。
ぶうん――シンシアのメイスが氷針を叩き割《わ》る。
氷針はシンシアに届かなかった。
だが、そのせいで鞭はアサナエルの手に戻《もど》る。

『――【聖癒《ホーリー・ヒール》】』

すぐにシンシアの回復魔法が肩の傷を塞《ふさ》ぐ。

『――【火弾単射】』

サラが火弾を飛ばそうとするが。

アサナエルの方が速かった。

氷鞭がサラに叩きつけられる。

「ぐぅ」

サラが苦痛に顔を歪《ゆが》ませる。

良いタイミングでの火弾だったのだが。

「サラ、無理しなくていい。防御に専念しろ」

「でも、あるじどのー」

「サラの出番は来る。大切な出番だ。それまで我慢《がまん》だ」

「わかったー」

今のサラではアサナエルの攻撃に対応出来ない。

俺とシンシアでしのいで、隙を作るしかない。

シンシアもそれを理解している。

視線を合わせ頷《うなず》く。

「その程度?」

アサナエルは見下した笑《え》みを向けてくる。
「そっちも、その程度か？　なら、大したことないな」
俺の挑発《ちょうはつ》にアサナエルは顔を歪ませる。
「調子に乗って」
『――【氷舞乱舞《ひょうぶらんぶ》】』
アサナエルが選んだのは鞭による連続攻撃。
ヤツの言葉通り、先ほどの攻撃は手加減していたんだ。
何倍もの速度で打ちつけられる。
しかも、今度は――。
鞭の先端から闇化《やみか》した氷礫が飛んでくる。
『――【聖剣《ホーリー・ソード》】』
炎剣から持ち替え、闇化した氷礫を砕く。

『――【聖撃《ホーリー・ブラスト》】』

シンシアもメイスで叩き落とす。
二人で連携《れんけい》して戦う。
が。
鞭を弾《はじ》けば闇氷礫が。
闇氷礫を叩けば鞭が。
隙なく襲ってくる。
ジリ貧《ひん》だ。
攻撃を受けるだけで精一杯《せいいっぱい》。
反撃《はんげき》する余裕がない。
しかも、その合間にサラにも闇氷礫が飛んでいく。
「あら、どうしたの？」
アサナエルは攻撃の手を止める。
「安心して。そう簡単には殺してあげないから」

嗜虐《しぎゃく》的に歪んだ笑みだ。

『──【聖癒《ホーリー・ヒール》】』

シンシアが傷を癒《い》やし、二人とも魔力回復ポーションを飲む。

「シンシア、策がある──」

「わかったわ」

ヤツが余裕ぶっている間に作戦を伝える。

「お話は終わったかしら？　せいぜい、無駄《むだ》に足掻《あが》きなさい」

『──【氷舞乱舞《ひょうぶらんぶ》】』

シンシアが前に出て。

俺《おれ》は後ろに下がる。

俺に攻撃が当たらないよう、シンシアはすべてを受ける。

もちろん、無傷ではない。

鞭が振《ふ》るわれるたびに、シンシアの傷が増える。
彼女が傷つくたびに、飛び出したくなる。
だが、俺は耐《た》える。
それが彼女を信じるということだから。
機を待つ。機を待つ。機を待つ。
シンシアがわざと大げさに攻撃を喰らう。
今だッ――。
「サラ！」
「うん」
シンシアが身を削《けず》り、絶好のチャンスを作ってくれた。
サラが詠唱を始めると同時に俺は飛び出す。
鞭を片手で掴《つか》む。手へのダメージは気にせずに。
そして――。

『――【聖拳《ホーリー・ブロウ》】』

聖精霊をまとった拳で鞭を殴りつける。
何度も。何度も。
数回殴りつけたところで、鞭は黒いモヤとなって消滅する。
やはりな。オズクロウの槍《やり》と同じく、この鞭も闇精霊《やみせいれい》が具現化したもの。
聖精霊をぶつければ、闇精霊は聖精霊に吸収される。
すなわち。これを続ければ続けるほど、こちらが有利になる。
アサナエルの顔から笑みが消え、怒《いか》りが浮かぶ。
そのとき――。

――火は燃える。
――燃え上がり。
――燃え移り。
――燃え盛り。
――燃え広がる。
――飛び交《か》う火の粉よ。
――散る火の雨よ。

――荒《あ》れ狂《くる》い打つ火の海よ。
――火焔《かえん》を上げて燃え誇《ほこ》れ。

『――【烽火連天《ほうかれんてん》】』

サラの詠唱が完了《かんりょう》。
この世界が赤く、赤く、炎で染め上げられた。
さあ、こっちのターンだ。

『――【聖癒《ホーリー・ヒール》】』

それに合わせて、シンシアから回復魔法が飛んでくる。
俺がダメージ覚悟《かくご》で闇精霊を削る。
シンシアは回復に専念。
そして――。

「サラ、撃ちまくれ！」

「わかったー」

——さあ、行け。我《わ》が下僕《げぼく》たちよ。華麗《かれい》に舞え、火炎《かえん》のごとく。

いたる場所から大きな火炎球が発生し、アサナエルを狙う。

『——【氷結封火《ひょうけつふうか》】』

ヤツも氷を生み出し、火炎球を相殺《そうさい》していく。

互角《ごかく》だ。

ということは——。

『——【聖剣《ホーリー・ソード》】』

俺は聖精霊を剣にして、アサナエルに斬りかかる。

袈裟《けさ》斬《ぎ》りだ。

火炎への抵抗《ていこう》に追われていた無防備なアサナエルを聖剣が斬り裂《さ》く。

追撃《ついげき》を——と思った瞬間。

黒が爆発《ばくはつ》。

吹《ふ》き飛ばされた。

「ぐっ」

地面に叩《たた》きつけられてから気がつく。

今のは、闇精霊だ。

闇精霊が急激に膨《ふく》れ上がり、広がった。

聖精霊を纏《まと》っていなかったらヤバかった。

「へえ、やるじゃない。じゃあ、そろそろ本気を出しちゃおうかな」

アサナエルはシンシアを指差す。

「あなたジャマだから——」


『——【闇縛《やみばく》】』

アサナエルの手から闇精霊が撃《う》ち出され、シンシアに襲いかかる。

『──【聖気纏武《せいきてんぶ》】』

シンシアも慌てて聖気を身に纏う。

が。

闇精霊がシンシアの身体を縛《しば》り付ける。

「シンシア」

「だっ、大丈夫。しばらくは保《も》つわ」

「さあ、精霊術士と火精霊。殺してあげるわ」

シンシアがいつまで保つかわからない。

早めにケリをつけよう。

ここまでの戦いで勝ち筋は見えた。

「リラ、最後の手だ」

「わかったー」

事前に決めておいた取って置きの手だ。

『──【以火救火《いかきゅうか》】』

火を以《もっ》て火を救う。
俺の炎とサラの炎がひとつに融《と》け合っていく。
炎がひとつになり。
身体がひとつになり。
魂《たましい》がひとつになっていく。

『──【炎融《フレイム・フュージョン》】』

──ひとつがすべて。すべてがひとつ。それが火
──あるじどのと、サラは、ひとつ。

熱い炎が俺の心を燃やす。
サラは俺とひとつになった。

そして、もうひとつ。

——さあ、おいで。もう、いけるだろ。

俺の周りを覆っている白き光に問いかける。
白き光——聖精霊は震えると、俺の身体に侵食《しんしょく》し、心の中に染《し》みこんでいく。

『——三位一体【聖炎精《せいえんせい》】』

氷には炎を。
闇には聖を。

「終わらせる」
「殺してやるわ」

アサナエルの仮面が割れた。
醜悪《しゅうあく》な魔族《まぞく》の顔が顕《あら》わになる。

アサナエルは新たに闇精霊から鞭を生み出す。
今度は二本だ。
予想通り。
俺は駆《か》け出す。
鞭が高速で振られるが、俺は無視する。
なぜなら――。
サラも聖精霊も俺の心に伝えてくれる――自分たちの方が強い。負けるわけがないと。
鞭が俺の身体に当たる。
「なっ！」
アサナエルの顔が驚愕《きょうがく》に染まる。
炎は氷を溶《と》かし。聖は闇を吸収する。
鞭が消滅する。
俺はアサナエルとの距離を詰《つ》める。
「そもそも、おかしいんだよな」
ヤツの攻撃手段は鞭と氷針。
どちらも遠距離攻撃だ。

通常なら、遠近両方の攻撃方法を使い分けるはず。

そして、さっき聖剣で斬りつけたときに確信した。

アサナエルは接近戦に致命的《ちめいてき》に弱い。

だから、余裕ぶってるように見せ、近づけさせなかったのだ。


『――【聖蒼炎拳《ホーリー・フレイム・ブロウ》】』


聖なる炎は蒼《あお》く白く、拳《こぶし》を覆《おお》う。

その拳で殴《なぐ》りつける。

アサナエルは反応できない。

殴る。殴る。殴る――。


最後は呆気《あっけ》なかった。

「ふう、終わったな。シンシア、大丈夫か？」

「ええ」

アサナエルが死んだことで、シンシアを束縛《そくばく》していた闇精霊も消滅した。

「サラ、大丈夫か？」

「もうだめー」

俺の身体から抜《ぬ》け出たサラはへばっている。

「ほら、好きなだけ食べて良いぞ」

俺は魔力《まりょく》回復ポーションを呷《あお》りながら、サラに魔力を与える。

「ひひー、あるじどのー」

「よく頑張ったな」

頭を撫でてやると、サラは蕩《とろ》けた顔をする。

「ねむいー」

「ああ、ゆっくり休みな」

サラは俺の腕《うで》の中で、眠《ねむ》りに落ちた。

「精霊《せいれい》も眠るんだな」

「カワイイ寝顔《ねがお》ね」

サラの次に、俺の身体から白い聖精霊が出てくる。

「おまえも、ありがとな。これからも頼《たの》むよ、相棒」

聖精霊はクルクルと回る。

「だいぶ、強くなったわね」

「ああ、あれだけ闇精霊を食べたからな」

勝利の余韻《よいん》に浸《ひた》っていると――。


――パリン。


眩《まばゆ》い光とともに、アサナエルの作った世界が砕《くだ》け散った。

「ラーズ、大丈夫だったか？」

マクガニーが心配そうに話しかけてきた。

「ああ、ヤツは倒《たお》した。そっちは」

「ついさっき、いきなり消えたばかりだ」

「そうか」

これで一件落着だ。

「兄貴ッ！」

『闇の狂犬《きょうけん》』の四人がムスティーンのもとへ駆け寄る。

身体を揺《ゆ》するとムスティーンが目を覚ました。

「ここは……」

「もう終わりました。兄貴は大丈夫ですか？」

ムスティーンは自分の腕を見る。

元通りになった腕を。

「ああ、なんとか無事みたいだな」

「ムスティーンがいなかったら厳しかった。だが、俺たちは勝ったんだ」

「そうか……じゃあ、寝《ね》てられねえな」

ムスティーンは立ち上がる。

「ラーズ……」

「どうした？」

「やっぱり、お前はスゲー奴《やつ》だ」

「お前もな」

ガッチリと握手《あくしゅ》を交わす。

全員無事で良かったのだが、ひとつ厄介《やっかい》な問題が……。

「コイツらどうする？」

ムスティーンが指し示したのはクリストフたち四人。

いまだ意識は戻っていない。

「連れ帰ってもらえるか？　後はコイツら次第《しだい》だ」

「おう。誰《だれ》か担《かつ》いでやれ」

だが、誰もやりたがらない。

ハズレを押《お》しつけるようだったが、結局くじ引きで決めた。

選ばれた奴は心底、嫌《いや》そうな顔だった。

本当に、嫌《きら》われてるな。

「よし、みんな、帰るぞ。打ち上げだ」

「おおおー」

大歓声《だいかんせい》が沸《わ》き起こる。

それだけのことを俺たちは成《な》し遂《と》げたのだ。

◇◆◇◆◇◆◇

冒険者《ぼうけんしゃ》ギルドに戻ると、大宴会《だいえんかい》が始まった。

残っていた者たちは俺たちに話を聞きたがり、しばらくは引っ張りだこだった。

やがて、その騒《さわ》ぎもひと段落したところで。

「ラーズ、話がある」

「例の件か？」

「ああ、お前には伝えた方が良いと思ってな」

ムスティーンは小声で話し始めた。

「俺の闇魔法《やみまほう》は一〇〇〇年前の先祖から代々、伝わってきたらしい」

「一〇〇〇年前……」

「ああ、眉唾《まゆつば》だと思っていたけどな」

「アヴァドンという名に覚えは？」

「知らん。なんか関係あるのか？」

「いや、すまん。話を続けてくれ」

「ああ、どうやらそいつは五大ダンジョンをクリアしたパーティーにいたらしい」

間違《まちが》いないだろう。その初代はアヴァドンの仲間だ。

「どこまで本当の話か分からんけどな」

「どうして、それを俺に？」

「お前に関係ありそうだと感じた」

「そうか……ああ、その通りだ」

「やっぱり、関係あるんだな」

「ああ、少し考えさせてくれ」

「なんかあったら、すぐ言えよ」

それだけ言い残して、ムスティーンは喧噪《けんそう》の中へ戻っていった。


ムスティーンらと呑《の》み明かした朝。

アインスの街に戻るため、シンシアと二人で馬車乗り場に向かった。

「シンシア」

馬車に乗ろうとしたとき、あの日と同じように声をかけられた。

声をかけられたのはシンシアで、声をかけたのはナザリーン――シンシアの元パーティーメンバーの女性だ。

「良かった。間に合った」

「ナザリーン……」

「あなたに会うかどうか、散々迷ったわ」

「私も会えるとは思っていなかったよ」

「はい、これ」

ナザリーンはシンシアに手紙を渡《わた》した。

「まだ、ちゃんと話すのは無理だけど、私の気持ちを伝えておきたくて」

「うん。ありがとう」

「後で読んでね。恥《は》ずかしいから」

「返事書く。向こうに着いたら、すぐに返事書くから」

「楽しみに待ってるわ」

「私たちもすぐにこの街に戻ってくる。だから、待ってて」

「うん」

二人は抱《だ》き合う。瞳《ひとみ》に涙《なみだ》を湛《たた》えながら。

「おーい、出発するぞ」

御者《ぎょしゃ》の声で二人は離《はな》れる。

「じゃあね」

「うん」

アインスの街に戻り、冒険者ギルドへ報告に向かう。

「ロッテさん、大丈夫《だいじょうぶ》かしら？」

「ああ、一週間徹夜《てつや》とか言ってたからなあ」

「今回も衝撃的《しょうげきてき》な話だもんね」

そんな事を心配しながら、冒険者ギルドを訪《おとず》れる。

ギルドには職員専用の寝なくても平気なポーションがあるらしいけど、ロッテさんは無事だろうか？

「ロッテさんをお願いします」

「あっ、はい。少々お待ちを」

空いている窓口に向かい、専属担当官任命証を見せて取り次いでもらう。

「お二人さん……こんばんは……です」

しばらく待ってやって来たのは、いまにも死にそうな顔をしたロッテさんだった。

大丈夫か？

喰人鬼《グール》よりも顔色悪いぞ？

死にかけなロッテさんが死にかけた声で話してくる。

シンシアもドン引きだ。

「どうでしたか？」

「ええ、実は――」

報告を終えると、ロッテさんの首がガクンと下を向き、カウンターに力なくもたれかかった。

「大丈夫ですか？」

「ええ……ご心配なく…………。なんの問題もありません。ということは明日には――」

問題しかなさそうな声でロッテさんが返事をする。

心配になったが、いち早く報告を終わらせて、彼女を休ませてあげようと思い、先を急ぐことにした。

「ええ。明朝にはツヴィー行きの馬車に乗ります」

「そう…………ですかっ――」

話の途中《とちゅう》でロッテさんがその場に頽《くずお》れた。

「だっ、大丈夫ですか？」

俺とシンシア、二人とも慌《あわ》てて手を伸《の》ばすが、カウンターに阻《はば》まれ届かない。

どうするべきかと逡巡《しゅんじゅん》していると――。

——喰人鬼が二体に増えた。

いや、違《ちが》う。

喰人鬼じゃない。

確かに喰人鬼みたいな土色の顔で生気も感じられないけど人間だ。

それに、ギルドの制服を着ている。

「せんぱーい、だいじょーぶですかー」

抑揚皆無《よくようかいむ》。無表情。目が死んでいる。

パッと見で喰人鬼と間違っても仕方がないほどだが、彼女《かのじょ》もギルド受付嬢《うけつけじょう》の一人。

ロッテさんの後輩《こうはい》で、確か名前はミルフィーユさん。

ロッテさんの後を継《つ》ぐとかで、この一週間引き継ぎ作業で二人とも寝る間もないとは聞いていたが……。

ここまで酷《ひど》いとは思っていなかった。

やっぱり、冒険者よりも過酷《かこく》な職業というのは本当のようだ……。

「ぐすっ……大丈夫…………じゃ……ないですぅ」

ロッテさんはミルフィーユさんに抱き起こされると、いきなり泣き出した。

涙腺大決壊《るいせんだいけつかい》と言うに相応《ふさわ》しい大号泣だ。

人間がこんなに大量に水分を放出する能力がある事を初めて知った。

そんなロッテさんの姿を見て、俺はオロオロしてするばかりだったが、シンシアはさっとハンカチを差し出す。

「ずっ、ずみばぜんっ」

ロッテさんはハンカチを受け取ったが、そのハンカチもすぐに役立たずになってしまったので、今度は俺が大きなバスタオルを渡すハメになった。

——一〇分後。

ようやく、ロッテさんが泣き止《や》んだ。

「はい、せんぱーい、これ、のんでーくださーい」

ミルフィーユさんが差し出した瓶《びん》入りポーションをロッテさんが飲み干す。

そして、ミルフィーユさんも同じように瓶を空にする。

見る見るうちに二人の顔色が良くなっていく。

喰人鬼からゴブリンくらいには良くなったな。

これが噂《うわさ》のギルド特製ポーションか。

これだけの効果だと、副作用が気になるところだが、大丈夫なんだろうか？

ともあれ、ロッテさんも落ち着いたようだ。

少なくとも、会話ができるくらいには……。

「いったい、どうしたんですか？」

「いえ、かすかな希望が潰《つい》えて、ガッカリしてただけです」

「と言うと？」

「もしラーズさんたちが今日戻《もど》っていなければ、ツヴィーへの出発が遅《おく》れますよね？」

「ええ、そうなりますね」

「そうしたら、今夜はベッドちゃんで寝られたんですよ……。久しぶりに、ベッドちゃんに会えると、淡《あわ》い期待を抱いていたんですよ……。最近会ってないから、忘れちゃったんですけど、ベッドちゃんってどんな形してましたっけ？」

「……ああ、なんか、すみません」

「いえ、ラーズさんたちは悪くないですよ。悪いのはムチャな辞令を出したクソジジ――支部長ですから。ああああ、死ねよマジでっ！！！」

ロッテさんから殺意が漏《も》れ出している。

あの温厚《おんこう》なロッテさんをここまで変えてしまうとは。

睡眠《すいみん》不足のせいなのか、ポーションの副作用のせいなのか。

いずれにせよ、睡眠がいかに大事か、よく分かった。

俺たちも『二の一』で、ちゃんと休みを取りながら、焦《あせ》らずやっていこうと決心する。

ただ、ロッテさんがこうなっているのは、間違いなく俺たちが原因だ。

俺たちという、観察が必要な存在が現れたために、ロッテさんが専属担当になった。

その穴を埋《う》めるために、ミルフィーユさんが昇格《しょうかく》してその後釜《あとがま》に。

そのために引き継ぎが必要なのだが、俺たちが一週間で次の街に行くまでに終わらせなければならない。

それで、この一週間二人はほとんど眠れてないのだ。

ロッテさんは悪くないと言ってくれるが、やはり引け目を感じる。

それはシンシアも同じようだ。

「ねえ、ラーズ」

「ああ」

「明日一日、お休みにしない？　ツヴィーに向かうのは明後日にしよ？」

「ああ、そうだな。ロッテさん」

「いえ、それには及《およ》びません」

落ち着いた、いつものロッテさんに戻っていた。

ギルドポーションすげえな！

「大変お見苦しい姿をお見せしてしまい、申し訳ございませんでした。もう大丈夫ですので、お気遣《きづか》いなく」

「本当に大丈夫ですか？　無理してませんか？」

「平気です。これがあれば、我々はいつまでも戦うことが出来ますから」

ロッテさんは空瓶《あきびん》を掲《かか》げる。

うん、怖《こわ》いから、絶対に飲まないようにしとこう……。

ギルドポーションの効果はすさまじいらしく、ロッテさんだけでなくミルフィーユさんの顔色もだいぶ回復したようだ。

「はーい、ミルちゃんも復活しましたー」

元気よく拳を高らかと上げるミルフィーユさん。

子どもが精一杯背伸《せいいっぱいせの》びしてるみたいで微笑《ほほえ》ましい。

ミルフィーユさんは見た目から判断すると一二歳《さい》くらいだ。

ギルド職員は一五歳以上という規定があったはずだが、実際の年齢《ねんれい》はいくつなんだろうか？

「これで今夜はお仕事モリモリ頑張《がんば》って、明日こそは彼氏《かれし》とラブラブするんです～～～」

「彼氏？」

シンシアと声が重なる。

どうみても子ども――もとい、幼いミルフィーユさんでも彼氏がいるのか……。

それに比べて俺たちは――と顔を見合わせる。

「はい、とっても優《やさ》しい彼氏なんですよ。実は、三日前が彼氏の誕生日だったんですよ。でも、引き継ぎのせいで会えなくて……。それでも、笑って許してくれたんです。『無理しないでね』って優しく頭を撫《な》でてくれたんです～」

「いい彼氏さんだね」

「ええ、素敵《すてき》だわ」

「えへへ～、自慢《じまん》の彼氏さんなんです～」

「ほら、ミルちゃん、彼氏のためにも仕事頑張るわよ。明日から私はいないんだからね。今夜中に全部覚えちゃうわよ」

「うへ～～～。でも、頑張るです～」

「うん、がんばっ！」

「はいです～」

「じゃあ、私は支部長のところ行ってくるから、ちゃんと復習しておくのよ～」

「はいですっ！」

「ミルちゃん。支部長から特別手当ぶん取ってくるからね。それで、彼氏と美味《お い》しいものでも食べなさい」

「せんぱーい、だいすきです～」

二人はぎゅっとハグし合う。

そして、ロッテさんは俺《おれ》たちに向かって告げる。

「この件は支部長に伝えておきます。今夜中に引き継ぎも終わらせますので、明朝一番の馬車で出発しましょう」

「よろしくお願いします」

◇◆◇◆◇◆◇

――またも、白い空間。ただ、違いがひとつ。

「えっ、ここは……」

「精霊王様と会える場所だよ」

今回は俺ひとりではなく、シンシアも召喚《しょうかん》されていた。

「よくぞ、アサナエルに勝利した。ずいぶんと聖精霊と馴染《なじ》んだのう。その調子で精霊術を極《きわ》めて欲《ほ》しいのう」

「はい！」

そして、精霊王様はシンシアを見る。

「ああ、お主がラーズの仲間、シンシアであるな」

「はい、精霊王様」

「どうして、彼女も呼ばれたのでしょうか」

「理由は簡単だ。シンシアをラーズの真の仲間であると認めたからだ」

「真の仲間ですか」

俺もシンシアもお互《たが》いを真の仲間だと思っている。

それを精霊王様に認めていただけて嬉《うれ》しい。

「五大ダンジョンは精霊術の使い手を育て、すべての精霊を使いこなせるように鍛《きた》え上げるために創られた場所なのだ。すなわち、お主のための修練場なのだ」

以前も聞かされた話だ。

「ただ、それだけではなく、その仲間をも鍛える場所なのだ」

精霊王様は遠い目をする。

「古い話になる。以前、アヴァドンのことは話したであろう」

アヴァドン——一〇〇〇年前に魔王《まおう》を封印《ふういん》した精霊術士だ。

「お訊《き》きしてもよろしいでしょうか？」

「構わないぞ。申してみい」

「以前、『精霊との対話』という本を見つけまして、そこに『歴史上唯一《ゆいいつ》五大ダンジョンを制覇《せいは》した者がいる』という記述を見つけたのですが——」

「ああ、それは奴のことだ」

「やはり、そうでしたか」

想像していた通りだ。

問題はその先——。

「その本には、『彼《かれ》は五大ダンジョンをソロクリアした』と書いてあったのですが、本当でしょうか？」

「ああ。その通りだ。とはいえ、最初から最後まで奴ひとりで成し遂げたわけではない」

「と申しますと？」

「最初は奴も四人の仲間たちと一緒《いっしょ》にダンジョン攻略《こうりゃく》を始めたのだ。精霊の試練を乗り越《こ》えながらな。だが、だんだんと奴と他の仲間たちの強さに差が開き始めたのだ」

「精霊の試練で得られる力が強すぎるからですか？」

「ああ、そうだ。精霊の試練を超《こ》え、力を得ていったアヴァドン。ダンジョンを踏破《とうは》するたびに四人との差が開き、仲間はついて来られなかった。そして、ラストダンジョンはひとりで挑《いど》むことになったのだ」

「なるほど。そうでしたか………」

ショックを受けた。

『精霊との対話』でソロクリアの話を見つけたときは、精霊術は極めればそこまで強くなれるのか、と単純に考えていた。

しかし、今、精霊王の言葉を聞き、その本当の意味、その重大さに気づいた。

シンシアを見る。彼女も俺と同じことに気づいたようで、心配そうな、悲しそうな顔をしている。

「なにやら、深刻そうな顔をしておるが、その心配は無用だぞ」

「えっ？」

「我はアヴァドンの件で考えをあらためたのだ。精霊術を極めるにつれ精霊と近くなる。だが、その分、周りの人間からは離れていくことになる。アヴァドンは精霊たちに懐《なつ》かれ、愛された。だが、それでもやはり、少し寂《さび》しそうだった。人は人。人の中で生きることも必要かもしれん」

過去の英雄《えいゆう》の孤独《こどく》と未来の自分の思いが重なる。

「ただ、勘違《かんちが》いはしないで欲しい。アヴァドンは間違いなく幸せだった。幸せな一生を送った。それだけは間違いない」

精霊王様の目は、相変わらず遠くを見ている。

優しさをいっぱいに溜《た》め込《こ》んだ瞳で。

「それゆえ、今回は精霊術の使い手に力を授《さず》けるだけでなく、使い手に近しい者も仲間とみなすことにしたのだ。使い手の仲間であれば、その者も我ら精霊族の仲間。そう扱《あつか》うことにしたのだ」

「それでシンシアもこの世界に来られるようになったんですね」

「ああ、そうだ。だが、それだけではない――」

「と申しますと？」

「使い手と近しい者に精霊王の加護を授けることにしたのだ」

「⁉　加護ですか？」

精霊王の加護！！

聞いたことがない言葉だが、とんでもなく凄《すご》そうだ。

それをシンシアに授けてもらえるのか。

横を見ると、シンシアは俺よりも驚《おどろ》き、感激している。

シンシアが強くなることは俺も嬉しい。

今は俺が彼女を引っ張っているかたちだが、出来ることなら、彼女とは肩《かた》を並べて戦いたい。

彼女が強くなることは、自分が強くなることと同じくらい、いや、それ以上に嬉しいことだ。

「我々の加護を授かった者は、強力なジョブを得ることが出来る。使い手と並んで戦える強力なジョブを」

「もしかして……」

世界がひっくり返った思いだ。

「ああ、お主の考える通りだ」

「まさか……」

「精霊術士に近しい者というのは、本人が仲間と認める者のことだ。以前の仲間――クリストフら四人にも強力なジョブを授けた」

「…………………」

衝撃的すぎて、言葉が出ない……。

俺も、奴らも、そして、みんなも、まったくもってとんでもない思い違いをしていたのだ。

俺は役に立たない不遇《ふぐう》職。

対して、彼ら四人は強力なユニークジョブ。

彼らを羨《うらや》ましく思った。何度も何度も。

彼らが世界に愛され、俺は嫌われている。

そう思い、挫《くじ》けそうになったことも一回や二回じゃない。

だけど、反対だったんだ。

俺は精霊に愛されていた。

そんな俺を助けるために、そのために、彼らは強いジョブを与《あた》えられたのだ。

なんてことだ………。

倒れそうになる俺の手を、シンシアがギュッと握《にぎ》りしめてくれる。

――大丈夫だよ。今、あなたの隣《とな》りにいるのは、私だよ。

シンシアの思いが手から伝わってくる。

「ありがとう」

目を見て、シンシアに伝える。

精霊王様は深い溜め息《いき》を吐《は》き出した。

「まさか、お主にそのような茨《いばら》の道を歩ませることになるとは思わなかった」

「いえ、ご安心ください」

「ん？」

「おかげで、本当の仲間に出会えましたから」

繋《つな》いだままの手を高く上げてみせる。

「そうかそうか。カッハッハ――」

一時はしんみりとしてしまったが、三人で笑うことができた。

「シンシアよ、そなたに新しいジョブを授けよう。ラーズのことを任せたぞ」

「はいっ！」

# 間話四 『ナザリーンの手紙』

親愛なるシンシアへ。


元気にしてる？

あれからしばらくたって、私もようやく気持ちの整理がついたわ。

だから、今の私の正直な気持ちを貴女《あなた》に伝えたい。

そう思ったから、こうやって慣れない筆をとったのよ。


最初は絶望しかなかったけど、不思議なものね。

だんだんと冷静に考えられるようになったわ。

貴女のこと、私のこと、ジェイソンのこと、アレキシのこと、ライホのこと、そして、『破断の斧《おの》』のこと。

少しずつ、少しずつ、時間をかけて消化していったわ。

時間はかかっちゃったけどね。

最初は全部、ジェイソンのせいにした。

私やみんなはその被害者《ひがいしゃ》。

でも、気づいたの。いくらジェイソンのせいにしたって、私は前には進めない。

だから、昨日ではなく、今日のために、明日のために、なにができるか考えるようにしたの。


そうしたら、ふと、貴女の笑顔《えがお》が浮《う》かんだの。

みんなを和《なご》ませる貴女の笑顔がね。

貴女の笑顔に私たちは何度も救われたわ。

そして今回も。


貴女の気持ちがようやく理解できたわ。

貴女が苦渋《くじゅう》の決断を下したことも。

ジェイソンが言い出さなければ、『破断の斧』に残っただろうことも。

この件がなければ、貴女は出て行かなかった。
自分の想《おも》いを押し殺して、私たちを選んだ。
貴女はそういう優しい子だものね。

だけど、あのときの貴女は浮かれすぎだったわよ。
嬉しかった気持ちは分かるけど、ちゃんと説明くらいしてから行きなさいよ。
なにも言わずに飛び出すから、貴女も私たちを捨てたのかと思っちゃったじゃない。

でも、今は分かった。
貴女の気持ちがよく分かった。
だから、貴女のことは恨《うら》んでいない。
安心してちょうだい。

『破断の斧』がなくなっちゃって、どん底に突《つ》き落とされた気がしたの。
この世の終わりだって。
でもね、しばらく経《た》ってから気づいたの。

ダンジョンで私を残して全滅《ぜんめつ》したことに比べれば、たいしたことないって。
散り散りにはなったけど、みんな生きている。
手紙だって書けるし、会おうと思えば会うこともできる。

それに、私も今回の一件で学んだの。
当たり前に来ると思っている明日なんて、どこにもないんだって。
今日やり残したことは、来ない明日に必ず後悔《こうかい》するって。

だから、貴女の選択《せんたく》は間違っていないと思う。
あの時、ドライに残っていたら、貴女は絶対に後悔したと思う。
私だって、貴女の立場だったら貴女と同じ選択をしたと思う。
だから、貴女は間違っていない。
そりゃあ、選ばれなかった方としては文句のひとつも言いたくなるけどね。

ジェイソンを恨むことはもうやめたの。
恨んでいても前には進めないから。

彼のことを許すつもりはないわ。

でも、恨むのはやめた。

やめて前を向くことにしたの。

私ね、新しいパーティーに入ったんだ。

前から知り合いだった彼らにちょうど欠員が出たところで、パーティーに入れてもらったの。

最初は怖かったわ。

また、捨てられるんじゃないかって。

でもね、そのパーティーに良い人がいるの。

前から気になっていた盾《たて》職の人。

優しくて、大きくて、私を守ってくれる人。

実はね……今、その人とおつき合いしているの。

彼のおかげで立ち直れた。

彼のおかげで前を向けた。
彼が私を支えてくれた。
だから、私は今、幸せよ。

貴女の方はどうなっているのかしら?
きっと貴女のことだから、最後の一歩を踏《ふ》み出せないでいるんでしょ?
私の方が先を越しちゃったわね。

ねえ、シンシア。

ためらっていたらダメよ。
想いを伝えないうちに、明日が来なくなったら、死ぬほど後悔する。
それじゃあ、なんのために飛び出したのか分からないじゃない。
勇気を振《ふ》り絞《しぼ》って、ちゃんと気持ちを伝えるのよ。
この手紙を読み終わったら、すぐにでも告白しなさいよ。

これで私から貴女に伝えたいことは、すべて書ききったわ。
進む道は別になったけど、貴女が大切な存在であることに変わりはないわ。
貴女の幸せを私も心から祈《いの》ってるわ。

追伸《ついしん》

何年かたって、また、みんなで集まれたら良いわね。
その頃《ころ》には、ジェイソンのことも許せるようになっているかもしれないし。
そのときは、また『破断の斧』の頃みたいに、ハメ外して酔《よ》っ払《ぱら》おうよ。
もちろん、ジェイソンの奢《おご》りでね。

ナザリーンより

# エピローグ

――午前四時半。


魔道具《まどうぐ》のアラーム音で目を覚ます。

今日はアインスを離れる日だ。

朝早く出発する馬車に合わせ、日も昇《のぼ》らぬうちから起き出した。

荷造りは昨日のうちに済ませてある、といっても必要なものをマジックバッグに突っ込むだけだが。

てきぱきと旅支度《たびじたく》を済ませ、洗面所に向かおうとしたら、シンシアの部屋のドアが開かれ、シンシアが飛び出してきた。

「ねえ、ラーズ、これ見てよっ」

「えっ、みっ、見てって言われても……」

シンシアは胸元《むなもと》を指差してアピールしてくるが、ゆったりとした寝間着《ねまき》姿で、いろいろと見えそうでヤバい……。

俺が視線をそらしていることで、シンシアは自分の状態に気づいたようだ。

「きゃあっ。ごっ、ごめんなさい……」

胸元を押《お》さえ、シンシアは慌ててUターン。

自分の部屋に戻っていった。

——あんなに大《お》っきかったんだ。

普段《ふだん》は装備に押さえつけられていて分からなかったが、無防備に開放されると、あんなに破壊力《はかいりょく》があるのか……。

もう一度ゆっくりと見てみたいと思うのは、男ならしょうがないよな。

そんな不埒《ふらち》なことを考えていると、ドアが開きシンシアが出てきた。

今度はちゃんとした旅装に着替《きが》えている。

「ねえ、見えた？」

さて、どう答えるべきか？

高速で思考を巡《めぐ》らせる。

導き出された答えは——。

「ごめん。すぐに視線はそらしたんだけど、ちょっとだけ見えちゃった」

いろいろ考えた末、正直に答えることしか俺には出来なかった。

「そう。そっ、そうね。私もゴメンナサイ。ちょっと興奮しちゃって」

「興奮？　なにかあったの？」

「そうそう、これだけど」

シンシアは突き出してきた。

もちろん、胸ではない。

首から下げられた冒険者《ぼうけんしゃ》タグだ。

もしかして！

「おおおおおっ、おめでとうっ！」

シンシアのジョブランクがアップして3になっていた。

しかも、聞いたことがないジョブだ。

ユニークジョブだろう。

精霊王《せいれいおう》様の言葉によれば、【精霊統《せいれいとう》】に匹敵《ひってき》するほどの強ジョブ。

シンシアが錯乱《さくらん》するのも当然だ。

「これって、精霊王様のおかげよねっ？」

「ああ、そうだろうな」

「こんなに早く上げてもらえるなんて思ってなかったから、興奮しちゃって。さっきは驚かせちゃってゴメンなさいね」

「いや、大丈夫《だいじょうぶ》だよ」

むしろ、良い物を見させてもらったとお礼を言いたいくらいだ。

「これでラーズと肩を並べて戦えるわね」

「ああ、俺も期待してるよ」

早くセカンド・ダンジョンでその強さを試《ため》してみたい。

シンシアも同じ気持ちだろう。

興奮を隠《かく》せない様子だ。

「これもすべてラーズのおかげよ。ありがとう」

「いや、シンシアがついて来てくれたからだよ」

「えへへ。これからもヨロシクね」

「ああ、こちらこそ」

このままずっと、シンシアと見つめ合っていたい。

時間が止まればいいのに。

だが、そうも言ってられない。

「そろそろ時間だ。出発の準備は？」

「ええ、上着を取ってくるだけよ。ラーズは？」

「こっちは準備万端《ばんたん》だ。いつでも出れる」

「じゃあ、ちょっと待っててね」

上着を羽織ったシンシアとともに、玄関《げんかん》へ向かう。

——トントントン。

外に出ようとしたところで、ドアがノックされた。

「ロッテさんだ」

「おはようございますです～」

ドアを開けると、予想通りのロッテさん。

その後ろには、ミルフィーユさん。

「あれ、ミルフィーユさんも？」

「はいです～。お見送りです～」

二人とも、昨晩の喰人鬼《グール》状態ではなく、元気そうだ。

目の下のクマとか凄いことになっているけど……。

「俺たちもちょうど出るところだったんですよ」

「ええ、ナイスタイミングね」

「ここの手続きはミルちゃんがやってくれるので～」

「ああ、じゃあ、よろしくお願いします」

「お任せ下さいです～」

拠点《きょてん》の鍵《かぎ》をミルフィーユさんに手渡《てわた》す。

「じゃあ、行こう」

「ええ」

「はーい」

「はいです～」

たった一週間だけど、世話になった拠点に別れを告げ、俺たちは南門へ向かう。

ツヴィーの街行きの馬車乗り場は南門近くにあるのだ。

歩き出すと、すぐに中央通りに出る。

日の出間近の薄暗《うすぐら》い時間なのに、半分ほどの屋台はすでに商《あきな》いを始めている。

シンシアの目当てであるオニギリ屋台も営業中だ。

屋台のオッチャンは仕込《しこ》みをしながらも、シンシアに気づき声をかけてくる。

「おう、嬢《じょう》ちゃん！」

「オッチャン、おはよう！」

「ほら、ちゃんと用意しといたよ」

出てきたのは鎧《よろい》一式が収まりそうな大きな布袋《ぬのぶくろ》だった。

食べ物を入れるようなサイズではない。

「わ～い、ありがと～。これでしばらくは困らないよ～」

シンシアは受け取ったそれを嬉しそうに抱《かか》え、マジックバッグにしまい込む。

もちろん、中身は全部、甘味《かんみ》オニギリとヌガー。

昨日のうちに予約注文しておいたのだ。支払《しはら》いはそのときに済ませてある。

「そうだ、嬢ちゃん。これからツヴィーだろ？」

「うん。そうだよ」

「俺の弟子《でし》が最近ツヴィーで屋台を出したんだ」

「へえ～～～。そうなんだ～」

「ああ、是非《ぜひ》寄ってってよ。嬢ちゃん好みの店だからさ」

オッチャンは地図が書かれた紙を手渡してくる。

「うん、ぜったいに行くよ～～。ツヴィーで甘味オニギリ食べられないと思ってたから、嬉しいよ～」

「じゃあ、達者でな。お兄さんも嬢ちゃんをよろしくな」

「ええ、お世話になりました」

「じゃあ、オッチャン、バイバ～～～イ」

と別れを告げていると、ミルフィーユさんが真剣《しんけん》な表情で屋台に並んだオニギリを凝視《ぎょうし》している。

「ミルちゃん？」

「…………………」

「ミルちゃん？　ミルちゃん？」

「…………………はっ」

よっぽど集中していたようで、ロッテさんに肩を揺《ゆ》すられてようやく気がついたようだ。

「どうしたの、ミルちゃん？」

「ご店主殿《どの》」

ミルフィーユさんはロッテさんを放《ほ》ったらかしで、オッチャンに呼びかける。

やけに、かしこまった呼びかけだ。

育ちがいい子なのかな？

「ん、どうした、小さなお嬢ちゃん」

「この列に並んでいるのって？」

「ああ、それか。最近始めたんだ。ガトートルテとのコラボでな」

「ガトートルテって言ったら、この街一番の高級ケーキ店じゃないですかっ！」

ミルフィーユさんは目を輝《かがや》かせて、まくし立てる。

シンシアは知っていたようで、落ち着き払《はら》っている。

この顔はすでに食べたことがある顔だ。

きっと、さっきの大袋《おおぶくろ》の中にも、いっぱい入っているんだろう。

一方、ロッテさんはといえば、あまり関心がなさそうだ。甘《あま》いものにそれほど興味がないのかもしれない。

初めて聞く名前だったので、シンシアに尋《たず》ねる。

「そうなの、シンシア？」

「ええ。大きな街なら大抵《たいてい》はある高級ケーキチェーン店よ。昔、アインスにいた頃は中々手が出せなかったけど、ドライではよく食べに行ってたわ。ラーズとも一回行ったはずだけど、覚えていない？」

「ああ、シンシアに連れて行ってもらった、あの店か」

「ええ、そうよ」

確かに美味しいケーキを出す店だった。

シンシアほど甘味好きでない俺でも、リピーターになってもいいと思えるほどだった。

「ああ、そうだ。そのガトートルテだ。ガトートルテのケーキは文句なしに美味《うま》いんだが、いかんせん、値段が高すぎるだろ？」

「はいっ。特別な日のご褒美《ほうび》でしか食べられないです～」

ギルドの受付嬢《うけつけじょう》はかなりの高給取りだ。

そのミルフィーユさんでも、特別な日にしか食べられないほどの高級なケーキか……。

いくらするんだろう？

疑問に思う俺を察したのか、シンシアが「ひと切れ三〇〇〇ゴルよ」と耳打ちしてきた。

三〇〇〇ゴル！

それだけあれば、お腹《なか》いっぱいご飯が食べられて、エールもついて来る。

新人冒険者だったら、一週間は食いつなげる値段だ。

「だから、オニギリの具にしたんだ。ひと切れは手が届かなくても、具のサイズにすれば買える値段になる。いい考えだろ？　まあ、少し割高になるがな」

オッチャンが自慢気《じまんげ》に語る。

確かに発想としては悪くない。

甘味好きにとっては、ガトートルテのケーキは憧《あこが》れの存在なんだろう。

だけど、気軽に手を伸《の》ばせる価格ではない。

そういう人たち向けのお試し版というのは、それなりの需要《じゅよう》があるだろう。

オッチャンの店のオニギリは一個一〇〇ゴルだ。

ガトートルテとのコラボオニギリは一個一五〇ゴルと五割増しだが、ケーキの値段を考えると高すぎるということはない。

「ご店主殿っ！　コラボオニギリ、全部ひとつずつ下さいっ！」

「はいよっ！　毎度あり〜。一五〇〇ゴルだよ」

「はいですっ！」

オッチャンがオニギリを包む間、ミルフィーユさんとシンシアは「ショートケーキがオススメよ」、「チーズケーキも楽しみです〜」などと仲良く甘味談義をしている。

「ねえ、ラーズさん」

「ん？」

盛り上がる二人を見ていると、ロッテさんが小声で話しかけてきた。

「オニギリに甘い物って合うんですか？」

「う～ん……。人それぞれじゃないかな」

俺《おれ》としては絶対にナシな組み合わせだ。

だけど、あの二人とオッチャンの手前、あからさまに否定するのも気が引ける。

無難な返事をするしかなかった。

「そうですか。ちなみにラーズさんは？」

「俺は……ちょっと苦手かな」

「良かった」

とロッテさんは安心している。

「あの子たちを見ていると、私の味覚が異常なんじゃないかって、不安になってたんです」

「あはは。ロッテさんは甘いものは好きじゃないんですか？」

「ええ、甘味よりも辛《から》いもの、お酒に合うものが良いですね」

「へえ～。お酒好きなんですか？」

「ええ、大好きですっ！」

甘味に目を輝かせていたミルフィーユと同じような表情をロッテさんは浮かべる。

「これからは一緒に飲めますね」

「ええ、楽しみです！」

コラボオニギリを手にして、ホクホク顔のミルフィーユさんとともに、俺たちは大通りを南下して行く。

やはり、ミルフィーユさんとシンシアは甘味の話で盛り上がっている。

そうこうしているうちに、南門の馬車乗り場に到着《とうちゃく》したと思ったら、見覚えのある姿が仁王立《におうだ》ちしていた。

「支部長！」

「どうしたんですか？」

立っていたのは冒険者ギルド・アインス支部の支部長、ケリー・ハンネマンその人だった。

「見送ろうと思ってな。ハッハッハ」

わざわざ来てくれたのか。

「ともあれ、ラーズとシンシアよ、ロッテのことを任せたぞ」

支部長は真剣な口調で伝えてくる。

「ロッテは娘《むすめ》も同然。しっかりと面倒《めんどう》を見てやってくれ。なんだったら、手を出してくれても構わん」

「なっ、なに言ってるんですかっ！」

ロッテさんが慌《あわ》てた素振《そぶ》りを見せる。

「理想が高すぎるのか、なかなか見合う相手がおらんみたいでのう。その点、ラーズであれば文句なしじゃ。どうか、考えてもらえんかのう」

ロッテさんは支部長をポコポコ叩《たた》いているが、支部長にはノーダメージ。

ロッテさんのこの態度、俺にはそれなりの好意を持ってくれているようだ。

どれだけ本気かは分からないけど。

ロッテさんみたいに綺麗《きれい》で優《やさ》しい人に好意を抱《いだ》かれるのは、嬉《うれ》しいことだ。

でも、俺はシンシア一筋だ。

毅然《きぜん》とした態度で、ちゃんと伝えないと。

そう思って、口を開こうとしたら――。

「だっ、ダメですっ！　ラーズは私の――ハッ」

シンシアが大声を出し、俺の腕《うで》にしがみついてきた――のだが、みんなの視線が集まると、顔を赤くしてパッと離《はな》れた。

「いっ、いえ、なんでもないです……」

羞恥《しゅうち》のあまり、うつむいてしまった。

「ほっほっほ。どうやら、ロッテが入る隙間《すきま》はないようじゃの」

「先輩《せんぱい》、ガンバです！」

「むううう」

どきり。胸が高鳴る。

今のシンシアの反応。

さすがに、これは……。

いくら鈍感《どんかん》な俺でも分かるぞ。

今すぐにでも確かめたいが、支部長たちがいるこの場では、さすがに出来ない。

シンシアの方を見ると、一瞬《いっしゅん》、目が合い――すぐにそらされる。

嫌《いや》がっているのではなく、照れているのだろう。

そんなシンシアがとてつもなく、愛《いと》しかった。

「ツヴィー行き快速便、五分後に発車でーす」

そんな空気を破ったのは馬丁《ばてい》の声だった。

「はっほ。それ、時間じゃ」

「支部長、お世話になりました」

「お世話になりました」

俺とシンシアは頭を下げる。

「支部長、書類仕事サボらないで下さいね。ミルちゃん、支部長は甘やかしちゃダメだからね。アホなこと言い出したら、水かけていいからね」

「はい、先輩もお体に気をつけて」

「ミルちゃんも、元気でね」

「はいっ！」

別れを済ませ、俺たち三人は馬車へ乗り込《こ》む。

さあ、次はツヴィーの街、セカンド・ダンジョン『風流洞《ふうりゅうどう》』だッ！

《了《りょう》》

# あとがき

　まさキチです。皆様のおかげで二巻が出せました。ありがとうございます。一巻と同じく、今回も一Pです。なにかの呪いでしょうか？　なので、駆け足で宣伝と謝辞を。

　本作のコミカライズ（五月とに先生）が始まります。また、来月、HJ文庫から新シリーズ『「門番やってろ」と言われ15年、突っ立ってる間に俺の魔力が９９９９（最強）に育ってました』がこれから発売・コミカライズ予定です。

　まさキチが原作を務めるコミックス『貸した魔力は【リボ払い】で強制徴収』（飯島しんごう先生）が一巻一〇万部突破と大好評で、二月に二巻が発売されました。

　他にも書籍化企画が進行中で、こちらは夏頃にお知らせできると思います。

　作家二年目になる本年、多くの作品を出版できるのも、すべては応援していただいた皆様のおかげです。三巻で皆様にお会いできることを祈っております。

　執筆を支えてくれた家族のA、T、Y、担当編集氏、素晴らしいイラストを描いていただいた雨傘ゆん先生、書籍化に携わってくださった全ての方々にお礼を申し上げます。

HJ文庫 https://firecross.jp/
1146

# 勇者パーティーを追放された精霊術士2
## 最強級に覚醒した不遇職、真の仲間と五大ダンジョンを制覇する

2024年3月1日　初版発行

著者── まさキチ

発行者─松下大介
発行所─株式会社ホビージャパン

〒151-0053
東京都渋谷区代々木2−15−8
電話　03(5304)7604（編集）
　　　03(5304)9112（営業）

印刷所──大日本印刷株式会社

装丁──BELL'S／株式会社エストール



Printed in Japan

ISBN978-4-7986-3459-3　C0193